되새길수록
선명해지는

되새길수록 선명해지는

1판 1쇄 2022년 12월 20일
1판 2쇄 2024년 6월 10일

지은이 채승호 | 펴낸이 윤혜준 | 편집장 구본근 | 디자인 오필민디자인
펴낸곳 도서출판 폭스코너 | 출판등록 제2015-000059호(2015년 3월 11일)
주소 서울시 마포구 월드컵북로 400 문화콘텐츠센터 5층 9호(우 03925)
전화 02-3291-3397 | 팩스 02-3291-3338 | 이메일 foxcorner15@naver.com
페이스북 www.facebook.com/foxcorner15 | 인스타그램 www.instagram.com/foxcorner15
종이 일문지업(주) | 인쇄·제본 수이북스

ⓒ 채승호, 2022   ISBN 979-11-87514-96-1 03810

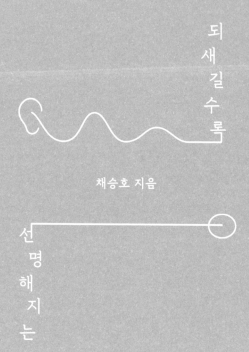

되새길수록

채승호 지음

선명해지는

폭스코너

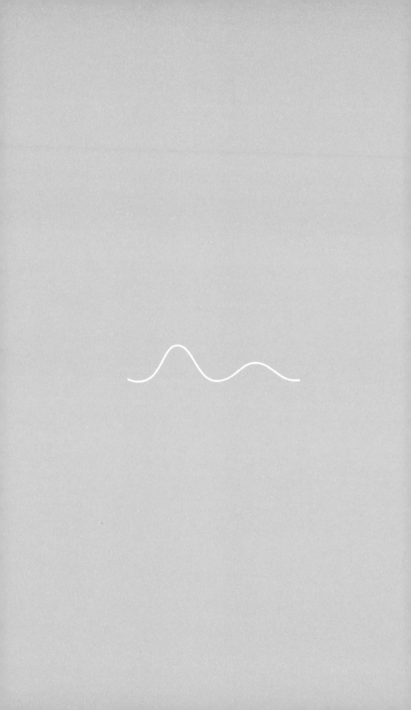

♪♩♫♪

<u>프롤로그</u>

어릴 적 나는 말이 많은 아이였다. 어린 시절부터 무언가를 듣고 말하기를 좋아했던 나로서는, 청력을 잃은 것보다 소리를 줬다 뺏어갔다는 사실에 더 크게 마음이 상했다. 내 유전자에게, 혹은 정말 존재한다면 신에게 뭐라고 한마디 하고 싶은 심정이었다. 그래서 청각적 불구와는 별개로, 나는 정말 수다스러운 편이다.

노래 하나에 꽂히면, 나는 몰입하여 반복해서 듣는다. 아무리 집중해서 듣는다고 해도 구멍이 송송 난 뜰채로 음악을 걸러내 듣는 꼴이니까 여러 번 들어야 한다. 그래도 두개골에 드릴로 구멍을 내는 인공와우(人工蝸牛) 수술과 와우 보청기에 어느 정도 잘 적응한 덕분에 지금은 제법 잘 듣는 편이다. 내 귀에는 스무 개의 음밖에 들리지 않는다 할지라도, 이전에는 듣지 못했던 더 폭넓은 음역대를 들을 수 있게 된 점은 정말 다행이라고 생각한다.

그래서 순간순간 세심하게 듣고, 그래도 못 들은 데가 있다면 그 사이사이를 머리로 채워 나간다. 어떤 면에서는 일반인보다 더 '잘' 듣는다고 할 수도 있다. 내가 제대로 못 듣는다고 해도 수십 번, 수백 번 집중해서 채워 넣다 보면, 대충 듣고 마는 사람들보다 더 잘 듣고 있는 게 아닐까 싶은 것이다. 소가 여물을 먹고 되새김질을 하듯, 나는 소리를 듣고 바로 소화하지 못해 되새김질한다. 그런 시간이 필요하다. 그리고 그 되새김질이 나를 더 잘 듣게 한다.

　이 글들은 어찌 보면 내 삶의 편린 속에서 나를 찾아가고자 하는 반복된 되새김질의 흔적이라 할 수 있다. 말실수를 하면 그것을 머릿속으로 되새겨서 같은 실수를 반복하지 않듯, 인생의 어느 영역이 실패였다고 판단되면 나는 늘 되새김질을 하는 편이다(초식동물의 되새김질을 영어로 rumination이라고 한다. 이 말은 ruminate라는 동사의 명사형이고, 이 동사의 뜻은 '심사숙고하다, 곰곰이 생각하다'인데, 우리말 '되새기다'와 뜻이 거의 같지 않은가? 이 사실을 깨닫고 깜짝 놀랐다).

나는 지금 아버지와 함께 한옥 카페 '이채'의 작은 주인장으로 살고 있다(이 책의 중간중간 카페 이야기가 나오는데 카페를 홍보하려는 마음은 절대 없다, 라고는 말 못 하겠다). 건축학으로 일본 유학도 다녀왔지만, 전공과는 상관없는 일을 하는 중이다. 카페를 운영하기까지 방황도 많이 했고, 부모님과 갈등도 심했다. 일본에서는 히키코모리처럼 살기도 했고, 서울에 와서는 몇 군데 회사에서 잘리는 통에 몇 날 며칠 방구석에 처박혀 들입다 게임만 하기도 했다.

한마디로 부모님 속을 무진장 썩여드렸는데, 그래도 다행히 지금은 건실한 아들로 노력하며 지내고 있다. 갈등이 생겨도 어떻게 행동해야 하는지 조금은 알게 되었지만, 그렇더라도 지금껏 내가 안겨드린 아픔이 없어지진 않을 테니까. 하여 이 책이 부모님을 조금이라도 기쁘게 해드리면 좋겠다.

그리고 장애인이건 비장애인이건 결핍 때문에 힘들어하는 사람이 있다면 내 이야기가 하나의 위로가 되었으면 좋겠다. 혹시라도 다시 일어나볼까 하는 마음을 먹게 할 수 있다면 더 이상의 보람은 없을 것 같다.

2022년 겨울에
채승호

차례

2부 일본 유학기

3부   인생 자립기

1

소리 상실기

실감이 나지 않는
터닝 포인트

어린 시절부터 뭔가 한 가지에 몰두하는 성격은 지금
도 마찬가지다. 어머니가 다리 사이에 나와 동생을 앉히
고 책을 읽기 시작하면, 동생은 지루함을 견디지 못해 도
망가기 일쑤였다. 가만히 앉아서 책을 읽느니, 책들을 너
저분하게 늘어놓고 징검다리 삼아 점프하며 노는 게 더
신났던 모양이다.

활기 그 자체인 동생과는 반대로, 나는 항상 똘망똘망
한 눈으로 옆에 꼭 붙어서 재밌게 들었다고 한다. 그러다
어떤 책이 마음에 들면, 그 책이 너덜너덜해질 정도로 반
복해서 읽어달라고 했단다. 그런 책 중 하나가 《해님 달
님》이었는데, 어머니가 매번 연기를 섞어 "떡 하나 주면

안 잡아먹지~" 하고 읽어주는 부분을 엄청 좋아했다는 것이다. 이후 책과 관련된 칭찬을 듣는 게 좋아서였는지, 나는 항상 책을 옆구리에 끼고 살았다.

건강하고 팔팔한 활어 같은 동생과는 대조적으로, 나는 차만 타면 멀미를 하고 늘 잔병치레를 달고 다니는, 초등학교 앞에서 산 병아리처럼 허약한 아이였다. 한 달에 한 번도 아니고 거의 일주일에 한 번씩 고열과 중이염을 앓았다. 그렇게 어릴 때부터 이미 귀에 모종의 부하가 쌓이기 시작했던 게 아닌가 싶다.

어렸을 때 매번 감기니 중이염이니 끙끙 앓으며 고생해서 그런지, 지금은 수많은 영양제와 닭가슴살을 달고 사는 '건강 염려증을 가진 운동중독자'가 되었다. 어렸을 때 아팠던 사람들이 나이 들어서 몸 관리를 더 열심히 하는 경우가 많다. 대학 시절, 몸이 굉장히 다부졌던 선배가 어린 시절에는 무척 허약했었다고 했는데, 나도 그 선배처럼 되었다.

초등학교 3학년 여름방학이 시작된 날이었을 것이다. 우리 가족은 작은아버지 집에 놀러 갔는데, 그 집에는 책이 많아서 구경하는 재미가 쏠쏠했다. 맛있는 것도 잔뜩 줘서 잘 먹고 재미있게 놀고 있었다. 좋은 기억으로 남아 있긴 하지만, 이날은 청각장애의 첫 징후가 드러난 날이기도 했다. 한창 놀고 있는데, 작은아버지가 "승호야, 물 좀 갖고 와라"라고 말했다. 그래서 나는 작은아버지에게 물을 가져다주었다. 그런데 왠지 당황해하는 작은아버지. 나중에 알았지만 그때 작은아버지는 "승호야, 문 좀 닫고 와라"라고 말했던 것이다. 아무튼 뭔가 이상하다고 느낀 작은아버지가 어머니에게 "승호의 귀가 약간 불편한 것 같은데, 청력검사를 한번 받아보는 게 어때요?"라고 권유했다.

그래서 처음으로 큰 병원에 가서 이것저것 검사를 받게 되었다. 엄마 손을 꼭 잡고 세브란스 병원을 처음으로 올려다본 기억이 선명하다. 어린아이였음에도 낯설고 위화감이 느껴졌다. 마치 거대하고 창백한 벽 앞에 서 있는 듯했다. 입구로 들어갈 때는 무서운 아궁이 속으로 빨려

들어가는 것 같았다. 이후에도 병원에 들어설 때마다 창백하고 거대한 괴물한테 잡아먹히는 느낌이 들어서 기분이 썩 좋지 않았다. 청력검사를 받고 난 며칠 뒤, 어머니 혼자 검사 결과를 들으러 갔다. "아이의 청력에 문제가 있으니, 조금 더 정밀검사를 받아봅시다." 의사 선생님은 그렇게 말씀하셨단다.

의사 선생님은, 어렸을 때부터 귀에 물이 차고 빠지기를 반복하다 보니 청력을 구성하는 고막과 달팽이관, 그리고 그 연결고리 어딘가에 문제가 생겼을 것이라고 했다. 정확하게 어디에 문제가 있는지는 의사 선생님도 결국 알아내지 못했다. 유전적으로도 취약한 편이었다. 외가 쪽으로 청력에 문제가 있는 사람들이 몇 명 있었다. 나도 그중 하나가 되는 순간이었다.

어머니는 병원을 나와 집으로 돌아오는 버스 안에서 펑펑 울었다고 했다. 다 자기 탓인 것 같았다고. 돌아오는 길에 아버지에게도 전화를 걸어 알려주었단다. 승호 귀에 문제가 있대, 라고.

만약 과거로 돌아갈 수 있다면, 나는 이날의 어머니를 찾아가 울지 말라고 말해주고 싶다. 눈앞의 건장한 구릿빛 근육질 청년이 보이지 않느냐고. 주변 사람들과 두루두루 원만하게 지내며 운동도 열심히 하고 카페 운영도 잘하고 글도 쓰며 열심히 잘 살고 있으니, 앞일은 걱정하지 말고 맘 편하게 키우라고. 보청기 또한 블루투스 이어폰으로 오해받을 만큼 티도 안 날 것이니 너무 슬퍼하지 말라고. 그렇게 말해주고 싶다.

이후 정밀검사를 받으러 병원에 한 번 더 갔다. 엄마와 함께 검사 결과를 들으러 갔는데, 청력에 문제가 있다고 나왔다. 그런데 그 문제가 좀 특수하다고 했다. 귀가 나빠지기는 했는데, 완전히 나빠진 것은 아니고 발음이 좀 끊겨서 들릴 거라고 진단했다. 그중에서도 한국어의 받침 음이 좀 다르게 들리는 희귀난청이라는 것이었다. '문'과 '물'처럼 받침 음의 차이가 있는 단어를 잘 구분하지 못하는 식이다. 아하, 그래서 내가 '문' 닫고 오라는 말을 '물' 갖고 오라는 말로 들었구나.

매년 청력검사를 받으라는 의사 선생님의 지시에 일 년에 한 번씩 검사를 받았다. 매년 검사를 받을 때마다 귀가 나빠지고 있다는 체감은 없었는데, 의사랑 따로 이야기를 나눈 후 진료실에서 나오는 어머니의 표정은 점점 더 어두워졌던 기억이 난다.

나는 '나에게는 청각장애가 있다, 뭔가 남들보다 부족하다'라고 인지하기 시작해서인지는 모르겠지만, 잘 들리지 않기 시작한 이후 짜증이 늘었다. 학교에서 친구들이 나한테 딱히 별말을 안 했는데도, 혹은 실수로 팔을 살짝 치고 지나가기만 해도 엄마에게 "친구가 괴롭혀"라는 말을 자주 하곤 했다.

잘 안 들린다는 사실은 예민한 성향인 나에게 피할 수도 통제할 수도 없는 피해의식의 촉발제가 되었다. 명확하지 않게 웅얼웅얼하는 소리는, 병약하고 내성적이었던 그 시절의 나에게는 오해하기 딱 좋을 정도로 모호하게만 들렸다.

꼭 학교에서만이 아니라, 다른 장소에서도 사람들과 썩 잘 어울리질 못했다. 가족 모임이나 어떤 특정 모임에 가면, 나이에 걸맞지 않게 두꺼운 책을 들고 한쪽 구석에 처박혀 혼자 읽기만 했다고 한다. 사실 누군가가 옆에서 조금 더 신경 써줬으면 좋지 않았을까 싶다. 내 옆에서 사람들이 이야기하는 게 무슨 내용인지, 무슨 주제로 웃고 있는지 좀 더 제대로 전해줬더라면, 그런 소중한 순간들을 놓치지 않았을 텐데. 지금에 와서는 그런 아쉬운 생각도 어쩔 수 없이 든다.

하루는 우리 가족과 어머니 친구네 가족이 함께 서점에 갔는데, 나이에 비해 어려워 보이는 책을 내가 읽고 있더란다. 그걸 보고 어머니가 "승호야, 엄마가 이 책 내용에 대해 알려줄까?" 하며 책 내용을 조목조목 알려주었단다. 그런데 내가 어머니에게 "엄마, 그거 아니야, 잘못 읽었어. 그건 그런 내용이 아니라, 이런 내용이야"라고 내용을 정정해주었다고 한다. 그걸 보고 어머니와 친구분이 "승호 천재 아니야?" 이러면서 호들갑을 떨었다고 한다. 천재였을 리는 없고, 지금 생각해보면 결핍에서 나온 반작용이었던 것 같다. 잘 들리지 않으니 책처럼 시각적인 것에 유별나게 몰입했고, 그런 까닭에 또래에 비해 상대적으로 책 내용을 조금 더 잘 이해하게 되지 않았을까 싶다.

청각장애 진단을 받으면서 나는 보통의 자연스러운 어린이의 삶에서 조금씩 이탈하기 시작했다. 장애라는 것이 없다면 더 좋았겠지만, 일단 생기고 나면 그게 꼭 나쁘기만 했었나 하는 건 지나봐야 알 수 있는 일인 것 같다. 피해의식이나 소외감, 소통의 불편함 같은 부정적인 문제들과는 어쩔 수 없이 맞닥뜨리게 되지만, 그로 인해 남들과는 다른 궤적을 그리며 나만의 개성과 능력을 갖추어나갈 수 있었던 게 아닐까, 지금은 그런 생각이 들기도 하니 말이다.

보도블록 틈새에서
피는 꽃

나중에 결혼하면 아이를 낳겠다고 생각해서인지, 요즘 부쩍 장애 아동을 둔 부모에 대한 이야기들이 눈에 들어온다. 한동안 장애아나 장애 부모 같은 장애 가족에 대한 논문이나 영상 등을 찾아보곤 했다. 그러다 '강인성'이라는 개념을 만나게 되었는데, 그게 참 마음에 와닿았다. 강인성에 대한 사전적 정의는 이렇다.

강인하다 : 강하여 어려움에 지지 않거나 잘 견디는 상태에 있다.

장애아가 있는 가족들 대부분이 '강인성'에서 높은 점수를 받는다고 한다. 아이가 장애인이라는 사실에 막연히 절망하고 있기보다는, 그럼에도 불구하고 상황을 직면한 뒤 나아가고자 하기 때문이다. 어린 시절 우리 가족도 이 강인성을 키우는 일에 의식적이든 무의식적이든 자연스럽게 집중하기 시작했다.

원래 혼자 하는 독서나 게임 같은 것을 좋아했던 나는, 청각장애를 인지하기 시작한 초등학교 3학년 이후부터는 유별날 정도로 책에 빠져 있거나 게임을 많이 했다. 사람들과 소통하는 재미는 당시의 내 상황에서는 정말이지 즐기기가 힘들었다. 당시의 내게 가장 즐겁고 많은 자극을 주는 매체는 들리는 것이 아니라 보이는 것이었기 때문에 책과 게임에 몰두할 수밖에 없었다.

보이는 매체 하면 영화도 떠올릴 수 있겠지만, 사실 영화는 보이는 것만큼이나 듣는 것도 중요해서 나에게는 해당 사항이 없었다. 요즘이야 넷플릭스나 유튜브 같은 영상 관련 매체들에 자막이 달려 나오는 경우가 많지만, 어린 시절에는 자막을 찾는 것도 쉽지 않았다. 누군가와 함께 보면서 매번 질문하기도 미안하고, 발음이 약간 안 좋은 배우가 말할 때는 거의 들리지 않아서 역시 영화에는 취미를 붙이기가 어려웠다. 특히, 한국 영화는 자막이 없어서 더 그랬다.

가끔은 영화관에서 배리어프리 영화(대사부터 나오는 배경음까지 전부 자막으로 표기해서 보여주는 영화)를 보여주는 날을 정해 자막 그득한 영화를 상영해주기도 했다. 하지만 원래 성향 자체가 돌아다니기보다 집에 있는 걸 좋아하는 탓에, 어쩌다 한두 번 하는 외출 날에 어느 특정 한국 영화를 날짜까지 의식하며 보는 수고를 들이느니 자막이 있는 외국 영화를 아무 때나 보는 게 성격에 더 맞았다.

요즘에는 사람들과 주고받는 대화가 참 재밌다. 서로 쿵 하면 짝 하고 함께 맞춰가는 말의 티키타카가 공놀이처럼 느껴져서 좋다. 하지만 어린 시절에는 잘 들리지도 않고 대화의 흐름을 놓치기 일쑤였으니 즐길 수가 없었다. 친가나 외가의 가족 모임 같은 데를 가면, 다들 하하 호호 웃는데 대체 무슨 이야기를 하는 건지, 왜 웃는 건지, 뭐가 그리도 재밌는지 이해도 안 가고, 설명해주는 사람도 없었다. 다들 어떤 벽이 쳐져 있는 공간의 안쪽에서 즐거운 시간을 보내고 있는데, 나만 벽 바깥에 버려진 느낌이었다. 그 벽 밖에서 오도카니 앉아 책을 읽으며 활자들과 함께 놀았다.

지금은 당시의 대화가 왜 재미없었는지 구체적으로 표현할 수 있지만, 어린 시절에는 그 이유조차 제대로 이해하기 어려웠다. 스스로 설명을 못 하니 힘든 것도 막연해서 더 답답했다. 청각의 경험이 워낙 적었던 게 가장 큰 이유였다는 걸 커서야 알았다.

이렇게 들리는 경험이 적은 것을 나는 '귀 나이가 덜 들었다'라고 표현한다. 아예 소리를 못 들은 건지, 소리는 들리지만 아직 경험이 적어 어떻게 이해하고 반응해야 할지 모르는 건지, 발음이 안 들린 건지, 분위기를 못 읽은 것인지… 이처럼 내 뇌로 들어온 소리가 정확히 어떤 이유로 부족한 것인지에 대한 판단능력이 성장하는 것을 '귀 나이를 먹는다'라고 여기는 것이다. 청각의 경험이

적으면, 귀 나이가 덜 든 어린 귀다. 이 귀 나이, 즉 상황에 따른 청각적 분별능력도 밖에서 많이 부딪쳐봐야 자라게 된다. 내가 지금 하고 있는 카페 일도, 그런 면에서는 귀 나이를 쌓는 데 꽤 괜찮은 직업인 셈이다.

이 '귀 나이'를 다른 말로 청각적 능력, 줄여서 청능이라고 한다. 귀로 소리를 잘 듣는 것과는 별개로, 청능이 안 좋으면 들은 소리를 제대로 소화해내기 힘들다. 그래도 나는 '청능이 부족하다'라는 표현보다는 '귀 나이가 덜 먹었다'라고 하는 쪽이 어감이 더 좋아서 귀 나이로 이야기하곤 한다. 청능은 어떤 단순한 능력을 지칭하는 것 같지만, 귀 나이라고 하면 앞으로 성장할 수 있는, 긍정적인 가능성이 담겨 있는 것만 같다.

어떤 소리는 듣기 좋고, 어떤 소리는 듣기 힘들다. 어떤 소리는 듣긴 들었는데 아직 귀 나이가 덜 들어서 판단이 힘들고, 어떤 소리는 문맥을 못 읽어서 놓친다. 이렇게 겉으로 보기에는 비슷하게 잘 못 알아듣는 상황이어도, 내가 정확히 뭐가 부족해서 놓친 건지, 이런 상황에서는 어떻게 대처해야 하는지는, 결국 시간이 지나고 경험이 쌓여야 알게 된다. 귀가 잘 안 들리던 그 시절에 어떤 점 때문에 힘이 들었는지 정확하고 선명하게 판단하는 능력도, 나이를 먹어가고 다양한 상황에 대한 경험이 쌓여감에 따라 자연스레 성장했다.

우리 집안에서는 처음 나온 장애인이었던 까닭에 가족, 친지들도 충분히 배려하지 못했던 부분이 있었을 것이다. 평범하게 들리는 자신들의 기준으로 나를 대했을 것이기 때문이다. 아직 나의 상태를 가족들도 정확하게 이해하지 못했을 때였으니까. 이제 와서 그걸 따지려는 건 당연히 아니다. 그 시절에는 모두가 나름 최선을 다했을 거라고 생각하고 있다.

초등학교 5학년 즈음에 장애에 대한 나의 태도가 변하기 시작했다. 지금도 기억나는데, 처음 그런 생각이 떠오른 건 피아노 학원에서였다. 귀는 이미 문제가 있다고 진단받았지만, 천천히 나빠지던 중이라 증세도 약했고, 아직은 큰 어려움이 없었다. 게다가 그 시절에는 태권도나 피아노 학원을 부모님들이 많이 보내기도 했다. '2000년대 초등학생 자녀 교양 교육 필수 코스' 같은 매뉴얼이 있기라도 했는지, 내 또래들은 죄다 태권도나 피아노 학원을 다녔다.

하루는 피아노를 치다가 불현듯 '무언가 청각장애로 이득을 볼 수 있지 않을까? 복지국가니까 말이야!'라는 생각이 뭉실뭉실 피어났다. 이상하게 들릴지 모르겠지만, 동시에 좀 설레었다. 잘 안 들리는 대신 그만큼의 혜택이 있다면, 장애가 꼭 나쁜 것만은 아니잖아, 하는 생각이 처음으로 들었다.

그런 생각이 떠오른 이후, 한동안 학원이 끝나면 집에 돌아와 두근대는 심정으로 컴퓨터를 켜고 이것저것 검색을 했다. 주로 군대 검색을 많이 했는데, 열두 살 때는 군대에서 이 년을 보낸다는 것이 너무 막연하면서 두려운 일이었다. 그래서 정말 청각장애로 군대를 안 가도 되는 건지 검색을 많이 했다.

지금은 중증에 속하는 청각장애 3급이지만, 그때는 경증에 속한 5급이어서 군대 면제가 안 되는 줄 알고 많이 찾아봤다. 장애인 급수는 숫자가 낮을수록 정도가 심했다. 숫자가 높으면 장애의 정도가 덜했는데, 6급이 제일 경증이었다. 현재는 장애인의 존엄성 등의 이유로 등급제도가 폐지되어, 1~3등급은 중증, 4~6등급은 경증으로 크게 둘로만 나뉘어 있다.

그렇게 혜택에 대해 찾아보면서 알게 모르게 장애의 불편함, 비통함, 쓸쓸함 같은 부정적인 관념들에서 약간 멀어지게 되었던 것 같다. 어떻게든 장점을 찾으려고 애쓰는 게 습관이 되어버린 셈이다. 앞서 언급한 '강인성'이라는 개념과도 맥락을 같이한다. 마치 길을 걷다가 불현듯 눈에 들어온 보도블록 사이에 핀 꽃처럼, 불편함 속에도 찾아보면 긍정적인 요소들이 군데군데 숨어 있었다.

보도블록의 사이, 그러니까 돌부리 틈새를 메운 한 줌의 흙에서 피어난 꽃을 보면 감동에 휩싸일 때가 있지 않은가? 뿌리를 내리기 힘든 그런 척박한 환경에서 한 줌도 안 되는 흙을 기반 삼아 태양을 향해 고개를 들어 올리고 우리를 바라보는 모습에는 뭔가 감동적인 측면이 있다.

나는 이제 잘 안 들려서 타인과 소통하기 힘든 것보다 서로 집중해서 소통해야 하기 때문에 생기는 대화의 깊이를 소중히 여길 줄 알게 됐다. 즐겨 듣던 클래식 음악이 잘 안 들려서 힘들어하기보다 조용한 세상에서 책에 집중할 수 있는 순간을 더 소중히 여긴다.

일본에 유학을 가서 혼자 자취하던 시절, 세면대에 물이 틀어져 있는 걸 모르고 등교한 적이 있었다. 수업을 끝내고 동아리 활동까지 다 마친 어둑어둑한 시간에 집에 돌아와서야 그 사실을 알았다. 한숨을 내쉬며 수도꼭지를 잠그고 수도세 걱정을 잠시 했었다.

하지만 나는 자괴감에 사로잡히기보다 기질이 예민한 내가 외부 소음에 영향받지 않는 걸 감사하기로 마음먹었다. 나에게 주어진 불편은 어쩔 수 없지만, 긍정적인 생각은 언제든 가질 수 있다. 그런 습관들이 어떤 안 좋은 일이 생기더라도 낙담하기보다 어떤 장점이 숨어 있을지 찾아보는, 보도블록 틈새에 핀 꽃과 같은 강인성을 갖춘 사고방식으로 발전한 것 같다.

물론 대학교 과제 제출 후 평가를 야박하게 받거나, 회사를 다니다 일머리가 잘 안 늘어서 잘리거나 하는 힘든 순간에는, 아무리 긍정적인 마인드를 가지려고 해도 잘 안 됐던 게 사실이다. 하지만 그런 부정적인 감정의 구렁텅이에 발이 빠졌을 때도 마냥 끌려들어가는 대신 어떻게든 틈새를 찾아서 비집고 나오려고 몸부림을 쳐왔던 것 같다. 보통 그럴 때는 책이나 운동이나 게임처럼 무언가 흥미로운 것을 찾아 몰두하며 버텼다. 특히, 운동을 시작하고 정말 많이 바뀌었다. 운동하는 습관이 없었으면, 이렇게 글을 쓰는 나도, 카페에서 보다 편안하게 웃으면서 손님을 맞는 나도 없었을 것이다.

이십 대 초반, 친구들이 입영통지서를 받을 때, 나는 군면제증을 받았다. 훈련소에 들어가기 직전의 친구들에게 보여주면, 육두문자를 섞으며 쫓아오던 기억이 난다. 지금은 운동중독자인 나를 보고 "몸만 보면 네가 군대 갔어야 하는데 왜 내가 갔다 온 거냐, 불합리해!"라고 많이들 말한다. 내가 생각해도 청각적 결손과는 별개로, 나 정도의 다부진 육체를 가졌다면 갔다 오는 게 맞지 않나 싶기까지 하다. 한 친구는 가뜩이나 약골인데 평발이기도 해서 군대에서 고생이 심했다고 하니 더더욱 미안한 마음이 들었다.

어쨌든 현재 장애로 인해 내가 받는 혜택들은 이래저래 적지 않다. 지하철 무료, 영화관 반값(동반 1인도 반값), 차나 오토바이 취등록세 같은 특정 세금에 대한 면제, 장애인에 한해 우대금리를 적용하는 적금, 그리고 그 적금으로 생긴 수익이 비과세라는 점 등등. 나처럼 몸도 좋은 애가 군 면제라니 불합리하다고 목소리를 높이던 친구는, 이번엔 자기가 넣은 적금은 왜 세금을 떼어가느냐고 또 불합리하다고 한다. 나는 뭐, 입꼬리를 살짝 올리며 어깨를 으쓱할 뿐이다.

~~~~

소통의 악순환 끊기,
유머

초등학교 때 장애 판정을 받은 나는 중학생이 되어서
도 여전히 예민하고 짜증이 많은 아이였고, 책이나 게임
같은 시각적인 자극에 몰입하는 아이였다.

그 시절의 나에게 보청기는 남에게 보여주기 싫은 콤
플렉스 같은 것이었다. 그래서 부모님께 작고 남들 눈에
덜 띄는 보청기로 바꿔달라고 자주 졸랐다. 보청기는 종
류가 다양하다. 귓구멍에 박혀서 보이는 보청기가 있고,
요즘 유행하는 블루투스 이어폰처럼 귀걸이 형태의 큰
보청기도 있다. 그리고 귓속에 넣는, 안 보이는 소형 보청
기도 있다.

나는 보청기를 누군가가 본다는 사실이 부끄러워서,

바꿀 때가 되면 늘 더 작은 보청기를 골랐다. 하지만 썩 좋지 않은 선택이었다. 사이즈가 작으면 성능도 줄어든다. 보청기 내부에 부품을 담을 수 있는 공간이 줄어들기 때문이다. 그래서 악순환이 계속되었다. 잘 안 들리니 피해의식이 생기고, 피해의식이 생기니 보청기를 가리고 싶고, 보청기를 가리려고 더 작은 보청기를 고르니 성능도 그만큼 줄어들어 더 안 들리게 되고…. 그러면서 더더욱 혼자만의 세계에 갇혀 타인의 말을 무작정 오해해버리는, 그런 악순환의 연속이었다.

사실 지금의 나라면, 그냥 남들한테 보이든 말든 잘 들리는 큰 보청기를 골랐을 테지만, 한창 사춘기로 접어들던 시절의 나는 의기소침하고 피해의식이 강해 보청기를 보여주기가 참 싫었었다.

그러던 중 어떤 사건과 맞닥뜨렸다. 정확한 워딩이 기억나진 않지만, 애매모호한 상황을 타개하기 위해 내 귀를 소재로 농담을 했는데, 사람들이 웃음을 터트리며 상황이 한순간에 풀린 사건이었다. 내 귀를 소재로 타인을 웃길 수 있는 법을 배운 것이다. 제대로 못 들으면 일부러 더 못 들은 척을 하거나, 말도 안 되는 단어들로 대답하면 좋아하는 사람들이 더러 있었다. '나도 남들을 웃길 수 있구나, 나도 남들을 즐겁게 만들 수 있구나' 하고 신선하게 느꼈던 기억이 난다.

다른 것보다도 친구들이나 주변 사람들이 나의 장애에 대해서 너무 신경 쓰지 않았으면 하는 마음이 컸다. 그런 의미로 요즘 방송에서 자주 만날 수 있는 콩고 출신 조나단의 말은 크게 공감이 되었다. 피부색이 다르다는 이유로 친구들이 배려해주는 것은 괜찮지만, 너무 지나치게 경직된 태도로 조심하면 조나단 본인이 친구들에게 외려 미안하다고. 물론 인종과 장애는 완전히 같은 개념에 속해 있진 않지만, 도덕적으로 약간 민감한 주제에 너무 경직되어 있기보다는 편안하게 대하는 것이 장기적인 관계에 있어서는 서로에게 더 좋다는 말에 나도 공감한다.

요즘에도 나는 종종 '귀'를 소재로 농담을 던지고는 한다. 지금의 내가 아무리 운동중독자여도 유난히 운동이

가기 싫은 날이 하루 이틀쯤은 있기 마련이다. 그런 날에는 "아이고, 귀가 안 들려서 운동을 못 가겠네"라고 혼잣말하며 집에서 뒹굴거리는데, 그때 날 바라보는 어머니의 기가 차고 어이없어하는 표정이 참 재미있다.

논리적으로 말도 안 되는 농담이나, 혹은 말은 되지만 웃어야 할지 어째야 할지 모르겠는 애매한 농담. 난 그런 줄타기 같은 농담들을 좋아한다. 살면서 그런 상황들이 꽤 많았는데, 요즘은 헬스장에서 자주 벌어지는 편이다. 평소 운동에 많은 시간을 할애하는 만큼 헬스장에서 몇몇 사람과 친해지게 되었다. 그런 지인들과 만나 얘기하다 보면 웃긴데 동시에 슬픈, 블랙코미디 같은 '웃픈' 상황이 자주 발생하고는 한다.

운동을 할 때는 주로 보청기를 빼고 혼자 침묵 속에서 움직인다. 땀 때문에 보청기가 고장 났던 적이 몇 차례 있어서 자연스레 보청기를 끈 뒤 옷장에 넣어둔다. 이렇게 침묵 속에서 가슴이나 등, 어깨, 엉덩이, 하체 등을 집중적으로 키우는 운동을 열심히 하다 보면, 내 앞으로 반가운 얼굴들이 지나갈 때가 있다. 그러면 나는 먼저 자연스레 인사를 하며 말을 건다. 귀가 안 들리는 채로. 그러면 사람마다 반응이 다른 것이 꽤 재밌다.

몸이 좋고 머리에 항상 두건을 쓰고 운동하는 어떤 형님은 내가 말을 걸면, 손짓과 발짓을 크게 해 보이며 대화를 한다. 내가 보청기를 빼고 있음을 알기 때문이다. 예를 들면 이런 식이다. 그 형님이 오늘 어느 부위의 운동을 할 건지 물어보고 싶으면, 나를 가리킨 후에 자신의 가슴이나 하체, 팔을 툭툭 친다. 그러면 나는 내 다리를 툭툭 치고 그럼 또 형님은 무언가 말하면서 엄지를 척 든다. 요즘은 코로나 시대라 마스크를 쓰고 있어서 입 모양을 못 읽지만 그래도 대답은 대충 다 알아듣는다. "하체 운동 잘하세요!"라는 말씀이겠지. 사실 보청기를 빼서 안 들리긴 해도 목소리는 나오니까 말은 해도 되는데, 어쩐지 이런 마임이 시작되면 나도 말 대신 손짓, 발짓으로 대화한다. 누군가 우리 둘이 대화하는 것을 보면 마임이스트들일까 하고 의아해할지도 모르겠다.

대장부의 골격을 가지고 있는 아는 동생과의 대화는 또 이런 식이다. 고등학교 졸업 후 바로 직장에 다니다가 공부의 필요성을 느끼고 건축학과(같은 건축학과라니!) 신입생이 된 친구다. 사람이 과묵하면 몸짓도 점잖은 편인지, 이 동생과의 대화는 마치 TV 예능 프로 〈신서유기〉의 '고요 속의 외침' 상황과 비슷해진다.

　　나 : 오늘 어디 운동하세요? 어깨?

　　동생 : (도리도리)

　　나 : 그럼 하체?

　　동생 : (도리도리)

　　나 : 음⋯ 그럼 가슴?

　　동생 : (도리도리)

　　나 : 그럼 등이구나?

　　동생 : (만족한 표정과 함께 끄덕끄덕)

　　그러다가 운동하는 중간에 물을 마시려고 정수기 앞에서 마주치면 또다시 시작된다.

나 : 방금 운동 잘하고 오셨어요?

동생 : (도리도리)

나 : 왜요, 좀 무리했어요?

동생 : (도리도리)

나 : 음… 그럼 왜요?

동생 : (배를 손으로 쓰담쓰담)

나 : 배가 아파요? 화장실이 급한가?

동생 : (강한 도리도리)

나 : 아, 배고파서?

동생 : (끄덕끄덕)

이렇게 스무고개를 한다.

　마지막으로 헬스장 아주머니를 소개하자면, 이분은 딸이 홍대 건축학과를 다닌다. 나도 건축학과 출신이라 자연스레 친해졌다. 쉰이 넘은 나이에도 꾸준히 운동하고 대회도 출전한 아주 멋진 아주머니다. 본업이 미술치료 쪽이다 보니, 나와 같은 장애 아동도 많이 만나본 모양이다. 이 아주머니와 마주치면 이번엔 발음 맞히기 게임이 되곤 한다. 둘 다 한창 운동을 하다 마주치는 경우가 많은데, 그러다 보니 다이어트 상태 혹은 오늘의 운동 부위 같은 것을 물어온다. 장애 아동을 만났던 경험 때문인지는 모르겠지만, 주로 입 모양을 보여주려고 한다. 대화 내용은 안 들리는 상태로 이야기를 나누다 보니 완벽하진 않지만, 분위기만 읽으면 매번 이런 느낌이다.

아주머니 : 승호 씨, 잘 지냈어요? 요즘 좀 살 빠져 보여요.

나 : 안녕하세요. 어…. (못 들음+자리를 뺏길까 봐 그 자리에 계속 있는 중)

아주머니 : (마스크를 살짝 내리고 입 모양을 강조하며) 살 빠져 보여.

나 : (입 모양을 보니 삼겹살 얘기를 하는 듯하다) 아, 삼겹살이 먹고 싶다고요? 맛있죠, 삼겹살.

아주머니 : (웃으며) 아니, 살, 빠져, 보인다고.

나 : 음… 삼겹살이 아니면 오겹살인가?

아주머니 : (박장대소하며) 아니—.

나 : 아! 살 빠져 보인다고요? 감사합니다. 근데 복근은 사라졌어요.

아주머니 : (입 모양을 강조하며) 나도 그래. 요즘 빵순이
     야.
나 : (빵이라는 입 모양을 읽고) 아, 빵! 빵 맛있죠.

매번 이렇게 입 모양을 읽는 구화 위주로 대화하게 된
다. 보청기를 빼고 있으면 신기하게도 입 모양이 평소보
다 더 잘 읽히는 이점도 있다.

사실 지금처럼 장애를 승화해서 웃긴 상황을 자연스레
연출하는 것은, 자신이 가진 어떤 결핍을 대할 때 꽤 괜찮
은 대응책 중 하나가 아닌가 싶다. 소통의 결핍이라는 척
박한 환경에서 어렵사리 꽃이 피어났다고 해야 할까. 내
가 가진 결핍의 작은 틈새에서 시작된 유머. 그다지 사교
적인 성격이 아니어도 남을 웃길 수 있다는 점이, 헬스장
에서처럼 잘 안 들리는 상황에서도 여유롭게 웃어넘기며
대처할 수 있게 해주었다.

물론 가끔은 나의 장애 소재 농담에 당황해하며 힘들
어하는 사람을 만나기도 한다. 하지만 내가 먼저 별것 아

닌 듯이 웃으며 이야기하면, 그 이후로는 오히려 관계가 더욱 돈독해지는 경우도 많았다. 그러니 어떤 상황에서도 유머 감각을 잃지 말 것!

소리의
되새김질

일반적으로 청각장애인의 말투를 생각하면 아마도 그들의 이질적인 발음이 떠오를 것이다. 왜 발음이 그렇게 다른가 하면, 청각장애인들은 그렇게 듣기 때문이다. 그러니 청각장애인의 입장에서는, 일반인이라면 어색하게 느껴질 그 발음들이 본인에게는 가장 자연스러운 발음인 셈이다.

외부에서 나에게 들어오는 정보가 불명확하면, 나에게서 외부로 나가는 정보도 불명확하게 된다. 청각을 통해 들어오는 소리가 불명확하면, 입으로부터 내 성대를 통해 울리는 소리 또한 불명확한 것이다. 자기 자신이 어떤 높이, 어떤 세기, 어떤 어투로 말을 하고 있는지 확신이 없기 때문이다.

상대방과 원활한 대화를 나누기 위해 청각장애인들이 외부로부터 들어오는 정보의 선명도를 높이려고 애쓰는 방법이 몇 가지 있다. 대표적인 것이 수화와 구화이다. 수화(手話)는 한자 그대로 손으로 대화하는 것으로, 내가 전달하고자 하는 내용이 불투명한 경우 그 정보의 간극을 손을 통해 메우는 방법이고, 구화(口話)는 상대방의 입 모양을 읽으며 예측하는 방법이다.

나는 농인학교를 다닌 적이 없어 수화는 전혀 배우지 못했고, 주로 썩 좋지 않은 성능의 보청기를 사용하면서 구화를 같이하는 식이었다. 대화를 나눌 때 일반인의 평범한 귀가 대화 내용을 100% 듣는다고 가정하면, 옛날의 내 경우에는 귀로 듣는 것이 30, 입 모양을 읽는 것이 20 정도이고, 나머지 50은 불명확한 정보들로 남았다. 이 50의 내용을 추측하는 데 신경을 많이 써야 했다.

예를 들면, "야, 오랜만이다. 잘 지냈니?"라는 말을 들었을 때, 나는 "ㅏ, ㄴㅔ마ㅣ다. 자 ㅣ내ㅣ?"로 들린다. 입

내부에서 주로 발음이 변하는 자음들보다 입 모양 자체가 변하는 모음들은 추측하기가 좀 더 쉬워서 많이 남는다. 이 완벽하지는 않은, 구멍이 송송 난 자음과 모음들을 가지고 상황과 표정을 대입하면 내용이 얼추 보인다. 오랜만에 만났으니 앞의 내용은 반가움에 관한 것일 테고, 뒤의 내용은 근황에 대한 것이겠지, 이런 식으로 예상하고 조합을 시도해보는 것이다.

맨 앞의 'ㅏ'는 모르겠다 쳐도, 뒤에 이어지는 말이 '오랜만이다'라는 것은 읽힌다. 뒤의 '자ㅣ내ㅣ'는 힌트가 많아서 '잘 지내니?'로 수월하게 바뀐다. 보통 이 과정은 약 일 초 내외로, 무의식적인 영역에서 즉각적으로 이루어진다.

하지만 가진 정보와 경험이 적고, 눈치도 없고 사회성도 낮았던 당시의 나로서는 제대로 예측하는 데 썩 타율이 좋진 않았다. 그러면 결국 다시 물어보아야 하는데, 한 번 물어보고 바로 못 맞히면 또 물어보게 되고, 이게 세 번 이상 반복되면 알아들은 척하면서 그냥 대화를 넘기곤 했다. 그러자니 상대가 말하는 내용을 온전히 이해하지 못한 채 아쉬운 마음과 함께 흘려보내는 경우가 적지 않았다. 이런 경험이 몇 번 쌓이자 몇 초에서 길면 수십 초 정도 상황을 이해하기 위해 가만히 허공을 바라보며 유추할 시간이 필요했다.

이런 행동이 마치 초식동물의 되새김질과 비슷하게 느껴질 때가 있다. 소가 여물을 먹고 더 잘 소화시키기 위해 되새김질을 하듯, 나도 소리를 먹고 제대로 소화하기 위해 되새김질할 시간이 필요한 것이다.

꼭 청각장애인에게만 국한되는 이야기는 아닐 것이다. 장애는 없지만 어떤 상황을 타개하려고 애쓰는 사람들을 보면서도 그런 생각을 했다. 당장 벌어진 상황에 너무 매달려 있기보다 한 걸음 벗어나서 심사숙고하는 모습은 부모님이나 친구들에게서도 자주 볼 수 있었다.

사실 나는 이런 되새김질의 시간을 별로 선호하지는 않는다. 사람과 사람이 만나 대화하는 것은 어떤 조화로운 리듬의 공명 같은 것이라서, 이 리듬에는 적절한 몸짓과 표정, 대답의 타이밍이 필요하다고 생각하기 때문이다. 야구에서 서로 적절한 속도로 캐치볼을 하는 것과 비슷하다. 대화를 주고받는 타이밍은 대체로 일이 초 내외로 결정 나는 게 일반적이다. 서로 가볍게 이야기를 나누는데 주고받는 시간이 오 초 이상 걸리고, 이런 순간들이 반복되면 아무래도 대화에 김이 좀 새지 않겠는가.

나는 '당신'이라는, 당장 눈앞에 있는 사람과의 티키타카, 대화를 주고받는 리듬이 참 소중하다. '당신'이라는 대상은 내 눈앞에 실존하는, 숨 쉬고 웃고 울고 눈을 깜박이고 피부가 따뜻한, 생생하게 살아 있는 '당신'이다. 어떤 사람이건 내 앞의 '당신'이 되는 순간은 소금 기직 같기도 하고 마냥 신기하기도 하다.

보통 사람들의 대화라면 말이 지체되는 순간, 보채거나 잘 못 들었을까 싶어 더 크게 이야기해주는 것을 배려라고 생각할 수도 있겠지만, 나와 같은 청각장애인에게는 소리를 소화할 시간을 기다려주는 '당신'의 여유가 필요하다. 큰 소리보다는 차분하게 또박또박 발음해준 후

기다리다 보면, 나는 '당신'의 소리를 정성껏 소화하고
제대로 대답해줄 수 있을 것이다.

결핍으로 생긴,
약간은 독특한 재능

나의 경우, 옛날에는 '없다'를 발음할 때 [업다]가 아
닌, [업스다]로 발음했다. 사람은 들리는 대로 발음한다.
나는 '없다'라는 단어를, 목소리를 통해 귀로 들은 게 아
니라 글자를 통해 눈으로 먼저 들었다.

책을 몰입해서 읽다 보면, 글자들이 내는 소리가 들린
다. 실제 소리처럼 들린다기보다는 머릿속에서 발음이
울리는 느낌에 가깝다. 글자 하나하나가 전부 말을 한다.
'없다'라고 할 때 '없'의 시옷은 묵음이라 실제로는 발음
하지 않는데도 책을 읽을 때마다 내 머릿속으로는 [업스
다]라고 들렸던 것이다. 그래서 [업스다]라고 발음하면,
몇몇은 "'없다'는 '업스다'가 아니고, '업다'라고 발음하

는 거야"라고 정정해주기도 했다. 내 귀 상태에 대해 알고 있는 친한 친구들은 내가 '업스다'라고 말할 때마다 멍청이라며 놀리기도 했다. 물론 비하의 의미를 담고 있지 않다는 걸 잘 아는 터라 나도 따라 웃었다.

책에서 주인공이 절체절명의 순간에, "살려줘!"라고 외치는 대목을 읽으면, 실제 현장에서 듣는 만큼의 생생한 '살려줘!'로는 들리지 않더라도, 비탄과 고통에 잠긴 주인공의 표정이 살짝 떠오르며, 그 입에서 흘러나온 '살려줘'라는 소리가 머릿속에서 맴돈다. 남자 주인공과 여자 주인공이 갖은 고생을 하다 드디어 이어질 때, 서로를 마주 보며 "사랑해"라고 말하는 대목에서는, 누군가 달콤한 사탕을 내 입에 넣어준 것처럼 실제로 입안이 달달해지는 착각을 느끼면서 그 목소리를 듣게 된다.

지금 내가 쓰고 있는 이 글에서는 어떤 소리가 들리냐고? 음… 이 글에서는 불특정다수를 향해 차분한 어조로 내레이션을 읊는 톤의 소리가 들린다.

이렇게 글을 읽을 때 글자들의 소리가 들리는 것은, 청각적 결핍이 생긴 만큼 상상력으로 정보를 채워 넣으려는 뇌의 자연스러운 작용 때문이 아닌가 싶다. 글에서 나는 소리를 듣는 건 꽤 재미있는 능력이다. 책을 읽을 때 몰입하기에 참 좋다. 타고나기를, 좋아하는 것이 생기면 그 하나에 과몰입해서 시간 가는 줄 모르는 성격이기 때문에 시너지 효과가 나는 듯도 하다.

책을 읽을 때는 몰입하기에 참 좋은 능력이지만, 실제 발음과의 차이가 크면 클수록 그것을 이해하는 데 시간이 걸린다는 단점도 있다. 영어 수업시간은 특히 더 힘들었다. 귀 나이가 든 지금도 힘든데, 더 못 들었던 학창시절에는 영어만 생각하면 치가 떨렸다. 한국어도 제2외국어처럼 느껴지던 시기에, 외국어인 영어까지 배워야 하다 보니 여간 힘든 게 아니었다. 무엇보다 묵음이 문제였다. 글로는 적어놓지만 실제로는 발음하지 않는 철자들이 골머리를 썩였다.

대표적으로 'knife'와 'know'같이 앞에 k가 묵음 처리

되는 단어들은 당시로서는 정말 이해가 안 갔다. '발음도 하지 않을 거면서 왜 적어놓은 거지?'라는 의문이 항상 따라다녔다. knife를 보고, 눈으로 들리는 대로 "크나이 프"라고 발음하면, 선생님은 자꾸 앞의 '크'는 빼라고 하셨다. 그렇다고 영어 단어 중에 k가 앞에 나오는 단어들이 전부 발음을 안 하는 것도 아니라서 혼란스러웠다. k 뒤에 n이 이어져 나오는 영단어는 앞의 k를 전부 묵음으로 처리한다는 건 나중에야 알았다. 이런 패턴을 당시로서는 알아채기 어려웠다.

생각을 뜻하는 'thought'도, 발음기호 그대로 읽는다면 [또우그훗트]로 되어야 하지만, 그게 아닌 [떠-엇]이라고 발음하라고 했다. 거기에 뜻은 다르지만 비슷하게 발음하는 단어들인 through(~를 통과하여), though(~일지라도), rough(거친, 고된) 같은 단어들을 끼었으면 완벽해진다. 영어를 포기하기 위한 준비로는 거의 완벽하다는 말이다.

수업시간마다 묵음을 이해하지 못하는 나를 답답해하

는 선생님의 표정을 마주하면서 나는 무엇을 할 수 있었을까. 종이에 출력되어 있는 수많은 묶음들에게 속으로만 화풀이를 할 수밖에 도리가 없었다.

일본어를 배울 때는, 한국어로 치면 모음이 [아 이 우 에 오], 다섯 가지로 되어 있어서 발음하기가 좀 편했다. 한국어로 받침에 해당하는 발음기호도 'つ(츠 혹은 쯔)', 'ん(응)' 두 가지만 있었고, 따로 묶음 처리되는 기호도 별로 없어서 그런지 히라가나와 가타카나는 좀 편하게 배울 수 있었다. 솔직히 나의 처지에서는 한국어보다도 배우기가 쉬웠다. 모르는 상대와 일본어로 대화하면, 입 모양을 읽는 것도 한국어보나 더 수월했디.

대신 한국인이 일본어를 배울 때 고생하는 발음으로 유명한 つ, 한국에서는 [츠] 혹은 [쯔]로 불리는 발음인데, 이것만큼은 제대로 해야겠다 싶어서 한동안은 매일 한두 시간씩 'つ'를 녹음해 듣고 반복하면서 익숙해지려고 무진 애를 썼다. 뭐 그래도 결국 일본 현지에서 일본 친구들에게 발음 지적을 당하긴 했지만.

이렇게 소리가 들리는 현상은 영어나 일본어로 된 책을 읽을 때는 나타나지 않았다. 장애인으로서의 삶 전반에 배어 있는 소통에 대한 갈증을 안겨준 '한국어'와 '한국이라는 환경'이 얽히고설켜 생긴 능력이라서인지, 다른 언어는 눈으로 볼 때 그렇게 들리지 않았다.

비록 한국어 한정이라 해도, 이렇게 글에서 소리를 듣는 능력은 책을 읽을 때 여러모로 도움이 된다. 요즘은 보청기로 어느 정도 잘 들으며 살아가다 보니, 뇌가 이런 능력은 크게 필요 없다 여긴 까닭인지 입 모양을 읽거나 눈으로 소리를 듣는 능력이 조금씩 옅어져가고 있다. 전보다 선명하지 않은 것은 아쉽지만, 그만큼 삶에 아쉬운 게 덜하고 나름 충실하게 살고 있다는 신호로 받아들이려 한다.

할머니의
등짝 스매싱

최근 들어 같이 살게 된 스트리트 출신 고양이 이채는, 어찌 된 모양인지 고양이치고는 대꾸를 잘한다. "이채!" 하면 "냐아" 하고 대답한다. 같이 사는 다른 동거 견들에게도 지나가다 수틀리면 한 대씩 친다. 강아지들은 고양이 발톱이 날카로운 모양인지, 깨갱 하고 도망간다. 이채의 머릿속에는 아직 예의가 탑재되어 있지 않은 모양이다.

이채를 가만히 살펴보면, 다른 고양이처럼 어딘가에 고립되어 혼자 시간을 보내기보다는 강아지나 사람과 함께 부대낄 때 생기는 다양한 이벤트를 즐기는 듯하다. 주인 바라기의 강아지들만큼은 아니어도, 주로 사람의 시선이 닿는 곳에서 돌아다닌다. 종종걸음으로 걷다가 맨

바닥에 아무 이유 없이 쓰러지는 모습은 매번 우리 가족을 피식 웃게 한다. 강아지나 고양이나 사람이나 종은 달라도 이렇게 지지고 볶으며 함께 사니 가족이라 하는 거겠지. 그런데 누군가와 혹은 어떤 동물과 함께 있으면서 생기는 다양한 이벤트는, 내 경우 아무래도 안 들리는 귀와 매번 엮인다. 그중 기억나는 에피소드 하나.

아버지는 장남이라 할아버지 할머니가 병원에 갈 일이 있으면 주로 우리 집에 들르셨다. 가끔 요양의 기간이 길어지면 우리 집에서 며칠 더 묵고 가시곤 했다.

고등학교 2학년 때인가, 할머니가 잠시 서울에 요양차 올라오신 일이 있었다. 이번에는 몸이 많이 안 좋으셨던 모양인지 우리 집에 머무는 기간이 100일 정도로 좀 길었다. 할머니가 오시기 전까지는 어떻게든 엄마 아빠 눈을 피해서 게임을 하려고 밤 열두 시 조금 넘어서 슬그머니 컴퓨터 방으로 들어가곤 했다. 부모님 몰래 컴퓨터를 켜고 게임을 하는 맛이란! 몰래 하는 게임은 어쩐지 맛도 두 배로 좋다. 이제는 성인이 되었고 게임도 내가 알아서 통제를 잘하니 마음 편하게 할 수 있지만 역시 그때만큼 재밌지는 않다.

아무튼 할머니가 오시고 나서 이 야간 계획이 종종 무산되고는 했다. 슬그머니 들어가서 문을 초당 1센티미터의 속도로 극히 천천히 닫은 후 게임을 하다 보면, 건너편 방에서 주무시던 할머니가 어떻게든 눈치를 채고 컴퓨터 방의 문을 두드리며 나를 나무라셨다. 밤 귀가 밝은 편이기도 하면서 동시에 밤잠도 없으셨다. 야밤에 몰래 슬그머니 컴퓨터 방으로 들어가려고 해도, 마침 문을 열고 나오시는 할머니와 마주치기라도 하면 게임하는 것을 포기하고 내 방으로 돌아가야 했다. 아쉬움을 가득 안은 채.

그러다가 어떻게든 안 들키고 하는 법을 찾아냈는데, 사실 꽤 리스크가 큰 방식이었다. 등잔 밑이 어둡다는 속담을 이용했다. 방문을 완전히 닫아놓는 것이 아니라, 처음부터 열려 있던 것처럼 아주 살짝만 열어놓는 것이다.

처음에는 게임이 눈에 들어오는 둥 마는 둥 긴장해서

집중도 안 되고 손이 땀으로 축축해질 정도였다. 게임하는 중간중간 고개를 돌려서 슬그머니 눈치를 보고 다시 집중하고, 그렇게 하다 보니 재미가 없어서 얼마 하지도 못하고 슬그머니 내 방으로 돌아갔다.

그렇게 몇 번 시도하다 보니 할머니가 전혀 눈치채지 못하시는 게 아닌가? 아, 이것은 안 들킬 가능성이 있나, 야밤에 문 틈새를 열어놓는 것으로 한 줄기 광명이 찾아왔다. 그렇게 약간의 열린 틈새와 함께 짜릿한 게임의 맛을 실컷 보았다.

솔직히 늦은 밤이면 게임에 대한 욕망이 움찔대면서 동시에 다른 욕망도 샘솟아 오른다. 그렇다. 십 대 중반부터 시작되는 청춘의 어쩔 수 없는 숙명과도 같은 그런 시기가 나에게도 찾아왔다. 남녀의 초밀착 영상, 일명 야동이 보고 싶어지는 것이다.

남사스러운 영상은 아무래도 소리의 지분이 꽤 크게 느껴지지만, 그 시절 내 몇 가지 장점 중 하나는 소리 없이(?) 영상매체를 잘 즐길 수 있다는 것이었다. 사실 잘 즐긴다기보다는, 그 시절 내게 소리는 여전히 낯설고 투박하고 거칠어 차라리 없는 게 좋을 때가 많았다. 영상매체도 글을 읽을 때처럼 어떤 소리가 들렸으면 좋았겠지만, 아쉽게도 그렇진 않았다. 아무튼 나는 야밤에 몰래 게임을 하면서 가끔 야동도 시청했다.

그렇게 할머니가 오시고 나서 한동안 삐걱댔던 나와 컴퓨터의 은밀한 열두 시 정각 모임은, 약간 열린 문 틈새와 함께 숨통이 트이면서 다시 순조롭게 진행되었다. 그러던 어느 날, 성공적으로 컴퓨터와 접촉한 후 나의 창조 역사에 관해서 심도 있는 공부를 하고 있는 중이었다. '음, 이런 다양한 밀착은 굉장히 기하학적이고 아름다운 곡선의 향연이군' 따위의 생각을 하며 눈이 새빨갛게 충혈되고 있을 즈음, 내 오른쪽 어깨 너머로 누군가의 얼굴이 확 들이닥치는 게 아닌가?

귀신인가 싶어 너무 놀라 몸이 경직되다 못해 굳어버렸다. 천천히 우측으로 고개를 돌려보니 다행히 귀신은 아니고, 할머니가 계셨다. 밤눈이 침침한 할머니는 미간을 찌푸린 채 "이게 뭐여" 하며 화면을 들여다보셨다. 아뿔싸, 너무 놀라서 화면을 내리지 않은 상태였다. 다시 모니터를 보니 하필 제일 격정적인 구간이었다. 몸이 굳어 경직되어 있는 나를 뒤로하고 화면을 응시하던 할머니는 "아이고! 남사스럽게 뭘 이런 걸 본다냐! 흉물이야, 흉물!" 하시며 내 등짝에 스매싱을 날리셨다. 이럴 때 할머니가 말하는 입 모양은 야속하게도 너무 잘 읽힌다.

그다음 날, 할머니와 마주치는 게 머쓱하고 부끄러워 일찍 학교에 갔다. 그리고 한동안 할머니를 피해 다녔다. 이 무렵 필리핀에 어학연수를 갔던 동생은, 나중에 이 얘기를 듣고는 박장대소를 했다. 나는 그냥 머쓱하게 웃었다. 이 에피소드는 가족 모임이 생기면 가끔 한 번씩 도마 위에 오르는 웃음거리다. 내 한 몸 희생해서 모두에게 웃음을 주다니, 썩 나쁘지 않다.

아픈 손가락, 덜 아픈 손가락,
그리고 더 아픈 손가락

'열 손가락 깨물어 안 아픈 손가락이 없다'는 속담은 아무리 자식이 많아도 누가 더 소중하고 덜 소중하냐 따질 수 없이 모두 귀하다는 뜻이다. 하지만 다 똑같은 자식이라 해도 더 아픈 손가락에 마음이 쓰일 수밖에 없지 않을까. 그게 장애가 있는 자식이라면 더더욱.

나는 정말 병원 진료를 많이 다녔다. 병원이란 곳은 안 좋은 결과를 들을 수 있다는 가능성 하나만으로도 별로다. 지금의 내 밥벌이를 책임져주는 카페 업무처럼 유동적으로 시간 변경이 가능한 입장에서도 하루 시간을 내어 병원 가기가 쉽지 않은데, 그 당시 워킹맘 워킹대디였던 부모님은 어떻게 진료에 맞춰 날 데리고 병원에 다녔던 걸까. 특히, 귀 때문에 병원 진료가 잡히면, 무슨 수를 써서든 나를 데리고 병원에 갔다. 부모님, 주로 어머니의 손을 잡고 병원 진료실 앞에서 대기할 때의 그 침묵의 시간은 참 재미가 없다. 지금처럼 스마트폰도 없었으니 더 그랬다. 그때 진료실 밖 복도에 떠다니는 공기에는 어쩐지 알코올 같은 소독약과 함께 어렴풋이 슬픔의 냄새가 났다.

주변을 둘러보면 나처럼 뭣 모르고 앉아 있는 아이들과는 대조적으로, 기대와 체념, 피곤함, 초조함, 막막함 같은 어두운 냄새를 풍기는 어른들이 있었다. 그리고 의사 선생님과 이야기를 하고 나온 어머니의 옆모습에서도 어두운 냄새는 어김없이 났다.

어쨌든 내가 하고 싶은 이야기는 병원이 아닌 내 동생에 관해서다. 알게 모르게 부모님으로부터 많은 시간과 걱정 어린 애정을 투자받는 동안, 동생은 자연스레 소외감이 많이 들었을 것이다. 어린 시절 나에 비해 유독 돌출 행동을 많이 한 것은, 사실 부모님의 관심과 사랑이 고픈 어린아이의 투정 섞인 몸부림이 아니었을까 싶다. 솔직히 나보다 훨씬 성격도 살갑고 좋은데, 가장 사랑을 받아야 할 때 못 받았으니 그 아이가 얼마나 관심이 고팠을까.

집 안에서 사랑을 충분히 못 받는다고 느껴서인지 동생은 그 부족함을 주변의 친구들에게서 채웠던 것 같다. 아는 사람이 별로 없는 나와는 대조적으로 지인이 한 보따리다. 아니, 한 보따리에도 못 담을 정도로 넘쳐 보인다. 사람과 잘 어울리는 외향성과 친화력, 살가움은 어쩐지 어느 정도 둔감한 감각과 함께 한 덩어리에 묶여 있는 듯하다. 명백하게 외향적이며 동시에 예민한 사람은 존재하기 쉽지 않은 것 같다. 동생이 밖에서는 섬세하고 예민하다는 소리를 듣는다지만 집 안에서는 둔감한 축이다.

나이를 먹고 나서 동생에게 문득 미안한 마음이 들어 물어보았다. 어렸을 때 장애인 형을 둔 동생으로 자라는 것이 어떤 느낌인지. 동생의 대답은 의외였다. 장애인 형 때문에 특별하게 컸다고 느끼진 않고, 여느 형제들과 마찬가지로 평범한 것 가지고 싸우며 티격태격 자란 것 같다고. 컴퓨터 게임으로 싸우고, 밥반찬 때문에 싸우고….
이렇게 십사 개월 차이의 연년생 형제가 할 수 있는 건
전부 하면서 컸다고 말이다.

그러나 귀도 안 좋고 피부도 약한 형을 둔 동생은 눈치
빠른 아이로 자랐다. 그렇게 부모님과 내가 눈치채지 못하
는 사이에 더 어른이 되어갔다. 잘 못 듣는 나를 보살피고,
부모님의 신경을 거스르지 않으려 노력하며 컸다. 하루는
내 장애의 낌새를 알아차렸던 둘째 작은아버지가 또 이
렇게 말했단다. 동생에게 "나이에 비해 철이 너무 빨리
든 것 같다. 그러지 않아도 돼"라고. 이 얘기를 듣고 중학
생이었던 동생은 뭔가 울컥했다고 한다.

그렇게 동생과 과거 얘기로 추억에 젖어 있을 때, 동생
이 때아닌 고해성사를 했다. "형, 사실 우리 사이가 한창
안 좋았던 중학생 때 있잖아? 할아버지 집에 놀러 갔을
때인데 내가 형한테 나쁜 짓을 하나 한 게 있어." 그게 뭐
냐고 물어보니, "밤에 잠자리에 들어서였어. 왜 형 잘 때
보청기를 빼고 자잖아. 그날도 보청기를 빼고 자길래 내

가 형 귀에 대고 몰래 욕을 했어. 형, 미안!"

애기를 듣고 빵 터진 나는 "그때 일부러 욕하라고 보청기를 빼놓은 거야!" 하고 재밌게 넘겼다. 이 녀석, 흐뭇한 애기를 하는 틈을 타 이렇게 고해성사를 하다니 제법인걸.

내가 아파서, 그리고 약해서 부모님의 관심과 보살핌을 독차지한 것에 대해서는 그저 미안할 뿐이다. 할아버지 할머니 입장에서는 첫 손자에다 허약하고 장애까지 있는 아이였으니 더 신경이 쓰였으리라. 시기적으로도 장남을 더 챙기는 시대의 끝자락이기도 했다. 그렇게 난 어른들에게 예쁨을 많이 받으며 자랐다.

대부분의 형세자매들을 보면 첫째가 어른스러운 경향이 있지만, 내 동생은 나보다 듬직한 면이 많다. 가족들이나 사람들이 모인 장소에 가면, 아무래도 주변도 잘 챙기고 더 넓게 본다. 생각할수록 형이 돼가지고 체면이 안 선다. 오늘은 동생이 좋아하는 소주나 같이 한잔해야겠다. 물론 내가 쏘는 걸로.

○○○○

일본 유학
가고 싶어요

　부모님께 처음으로 "일본어가 배우고 싶어요"라고, 내가 원하는 것을 분명히 말한 순간이 있었다. 대학 입시 준비에 돌입하기 직전의 고등학교 때였다. 사실 계기는 정말 단순했다. 연희중학교를 졸업하고 두발 규제가 심했던 이대부고로 진학하게 되었다. 1학년 1학기 때, 수능 준비를 위해 친구와 함께 국영수를 다 가르치는 종합학원에 다녔다. 어느 날, 그다지 친하지 않았던 학원의 수학 선생님이 내게 말을 걸어왔다.

　사실 그때는 왜 친하지도 않은 선생님이 내게 말을 거나 싶었는데, 돌이켜 생각해보면 한국의 교육시스템을 청각장애인이 따라가기가 쉽지 않다는 걸 알고 나름 대안을 찾아봐주려 한 배려에서 나온 행동이었던 것 같다.

어쩌면 내가 진도를 잘 못 따라가니 안쓰러워 보였을 수도 있었다. 수학은 어떠니, 국어는 어떠니 등등 이런저런 이야기를 가볍게 나누다가, 앞으로의 대학 진학에 대한 질문을 던졌다. 그러고는 "가정형편만 허락한다면 일본 유학을 고민해보는 건 어때? 선택지도 더 많을 것 같은데"라고 말했다. 그 말을 듣기 전까지는 유학에 대해서 전혀 생각해본 적이 없었는데, 그날로 '일본 유학? 한번 알아볼까?' 하는 마음이 생겼다.

그때의 내 또래들은 일본만화를 많이 봤다. 한국 웹툰 시장은 현재에 비하자면 아직 성장해가는 중이었고, 일본만화는 유명한 3대장이라 할 《원피스》, 《나루토》, 《블리치》를 포함해 수많은 만화들이 수준 높은 작화와 알찬 스토리를 보여주고 있었다. 일본 학생들의 고교 생활이 담긴 만화를 볼 때도 적잖이 궁금하긴 했었다. 이런 식으로 일본 문화에 꽤 노출되어 있었던 것도 한 요인이 되었을 것이다.

학원 수학 선생님의 가벼운 조언을 계기로 일본에 대

한 관심이 이전보다 깊어졌고, 일본은 어떤 나라인지, 일본어는 배울 만한지 등등 생각이 무럭무럭 커가며 일본어가 자연스레 공부하고 싶어졌다. 이후 일본어 기초 책을 사서 히라가나와 가타카나부터 무작정 외우기 시작했다. 매일매일 맨손에 히라가나와 가타카나를 적어놓고, 수업시간에 선생님 몰래 손바닥을 들여다보거나, 집에 돌아오는 버스 안에서 잉크가 번진 일본어를 보며 외우기도 했다.

아 행은 아이우에오. 카 행은 카키쿠케코. 오른쪽 위에 작대기 두 개가 붙으면 가기구게고. 사 행은 사시스세소. 여기도 작대기 두 개를 붙이면 자지즈제조. 타 행은 조금 다르게 타치쓰테토. 타 행의 '쓰'의 발음은 [쯔]와 [츠]의 사이. 혓바닥을 바로 붙였다 떼고 발음할 것. 이 [쓰]가 한국인이 일본어를 배울 때 제일 힘들어하는 발음이니 열심히 할 것.

인사말은, 처음 뵙겠습니다, 하지메마시테. 안녕하세요, 오하요는 오전, 곤니치와는 오후, 곤방와는 저녁. 안

녕히 주무세요, 오야스미 나사이. 안녕히 가세요, 금방 볼 것 같으면 마타 아시타, 오래 못 볼 것 같으면 사요나라. 이렇게 하나하나 배워가며 실력을 조금씩 쌓아갔다.

일본어 기초 책을 어느 정도 배우고 나니, 문법이나 한자 같은 심화 과정에 대한 갈증이 생겼다. 계속 머릿속으로 혼자 배우기에는 무언가 부족했다. 더 나아지기 위해 학원에 다니기로 맘먹었다.

그래서 어느 날 조금 큰 용기를 내서 부모님께 "일본으로 유학을 가고 싶어요. 그래서 일본어학원을 다녀보고 싶습니다"라고 말했다. 그 이야기를 듣고 바로 허락해주지는 않았고 심사숙고했지만, 얼마 뒤 어머니는 신용카드를 주며 학원비를 내라고 했다. 참 감사한 일이었다. 청각장애를 지닌 아들이 한국에서도 힘든 공부를 해외에서 해보고 싶어 하는, 다소 뜬금없다 싶을 정도의 계획인데도 부모님은 지원해주기로 결심한 것이다. 지나고 보니 나의 부모님이 그런 분들인 게 얼마나 큰 복인지 새삼 느낄 때가 많다.

일본어학원에 첫발을 내디디던 순간이 아직도 기억난다. 신촌에 있는 시사 일본어학원이었다. 이대부고에서 그리 멀지 않았다. 전날 엄마한테 건네받은 카드를 들고 설레는 마음으로 엘리베이터 버튼을 눌렀다. 약간 오래된 건물인 까닭인지 엘리베이터는 덜컹덜컹 소리를 내며 올라갔다. 엘리베이터 문이 열리고 안내데스크가 보이기에 그리로 걸어가서 직원분에게 쭈뼛쭈뼛 말을 걸었다. "저… 학원을 다, 다니고 싶은데요" 하고 더듬더듬 말했다. 안내데스크의 직원분은 참 친절했다. 그 자리에서 학원 수업에 대한 자세한 설명을 들었다.

학원 수업은 난이도에 따라 기초반, 중급반, 고급반으로 나뉘어 있었다. 그리고 그 난이도 안에서 회화, 독해, 한자 암기와 같이 읽기, 쓰기, 말하기, 듣기로 나뉘었다. 다른 평범한 학원생들에 비해 나는 귀가 안 좋다는 이유로 특별한 대우를 받았다. 따로 출력물을 더 챙겨주기도 하고 선생님들이 시간을 더 내어주기도 했다. 참 고마운 일이었다. 이후 학원을 꾸준히 다니며 회화나 독해, 한자

등 실력을 쌓아 나갔다.

쉬는 날에는 일본 애니메이션을 취미 삼아 보고, 일본 만화책도 열심히 읽었다. 그렇게 고등학교 2학년 2학기를 맞자 일본 대학교에 진학하는 것에 대해 진지하게 고민하기 시작했다. 물론 공부를 잘하는 청각장애인도 있겠지만 나는 가뜩이나 중학교 때부터 놓친 교과 진도를 고등학교에 와서 뒤늦게 따라가야 했기에 여간 어려운 게 아니었다. 원체 타고난 성향도 흥미가 동하는 한 가지에만 몰두하는 편이라, 국영수에다 물리, 사회 등등 다양한 과목을 두루 소화하기가 너무 어려웠다.

여전히 발음도 어물거리고 목소리도 작고 성격도 의기소침했던 나는 학교 수업시간 때마다 무시당하기 십상이었고, 그런 경험이 쌓여갈수록 유학에 대한 마음이 점점 커져갔다. '한국에서 대학에 들어가봤자 성적도 안 좋고 수업도 못 따라갈 것 같은데, 똑같이 힘들다면 아예 일본으로 유학 가보는 게 낫지 않을까?' 하는 마음이었다.

그래서 본격적으로 일본 대학을 알아보기 시작했다. 어린 시절의 꿈은 과학자였지만, 당시 과학이나 수학 성적이 신통치 않았으므로 우선 제외했다. 책을 좋아하니 문과라면 괜찮아 보이긴 했는데, 마침 새로운 제3의 길이 눈에 띄었다. 일본 미술대학. 뜬금없다고 생각할 수도 있지만, 따지고 보면 딱히 그런 것도 아니었다. 아버지와 어머니 두 분 모두 직업이 디자인 쪽이니까. 중앙대 시각디자인학과에서 선후배로 만나서 결혼까지 골인. 그럼 나도 미술계의 피를 물려받지 않았을까, 하는 일말의 기대감을 가지고 일본 미대를 살펴보기 시작했다. 사고의 전개가 다소 비약적인 면이 있긴 하지만, 그때는 정말 그게 하나의 가능성이자 빛으로 여겨졌다.

　학과를 고를 때도 마찬가지로 심플하게 생각했다. 학교를 다니며 칭찬받은 기억을 되새겨보니, 고1 수업시간 때 공간사고력이 좋다는 얘기를 들은 게 떠올랐다. '공간 관련이라면 인테리어로 가야 하나? 근데 인테리어는 건물을 못 짓는데 건축은 건물도 짓고 인테리어도 한다네. 건축이 더 멋진 건가? 그럼 건축학과로 가야겠다!' 이렇게 된 것이었다. 그래서 '일본 미대 건축학과'라는 선택에 도달했다.

이후 일본 미대에 관하여 이것저것 검색해보니, 일본에서는 무사시노 미술대학과 다마 미술대학이 유명했다. 그 외의 미대들도 더 찾아보긴 했지만, 사실 무사시노라는 이름에 좀 꽂힌 면도 있었다. '무사시노? 무사시? 무사시면 사무라이? 뭔가 입학하면 막 칼을 휘두를 것 같은데? 검도도 배우려나?' 이렇게 쓸데없는 망상을 하면서 두 미대 중에 무사시노 미술대학의 건축학과로 마음이 기울었다.

어느 정도 마음을 굳힌 이후, 어떻게 준비하면 될지 다양한 정보들을 수집하기 시작했다. 인터넷 검색은 기본이고, 유학원을 찾아가 상담을 받아보고, 서울에서 일본유학 설명회 같은 것이 열리면 어머니와 함께 참석하기도 했다. 당시 어머니는 회사를 운영하느라 정신이 없었을 때인데, 정말 신경을 많이 써주었다.

서울에서 열리는 일본 유학 입시설명회에 가면, 어머니가 옆에서 유학 전형과 준비해야 할 것들을 듣고 열심히 적어주었다. 매번 유학 설명회가 끝나면 어머니의 손바닥이 흑연 자국으로 까매져 있었다. 내 귀가 잘 안 들리는 까닭에 어머니 손에 흑연을 한가득 묻히다니, 불효의 형태는 실로 다양하다.

그렇게 친구들이 대학 입시 준비를 하는 시기에 유학 준비를 하며 고등학교 2학년을 마치고 맞은 겨울방학, 어머니가 "일본 유학 사전 탐방 겸 언어 공부를 같이 해보는 건 어떠니?"라고 조언을 해줬다.

사실 처음 들었을 때는 한국에서 공부하는 게 더 좋지 않을까, 혹은 외국에서 첫 자취 생활을 잘해낼 수 있을까 같은 걱정과 두려움이 앞섰다. 하지만 일본이 어떤 나라인지 미리 경험해볼 수 있다는 기대와, 일본 현지에서는 일본어를 어떻게 가르칠까 하는 호기심이 더 컸다.

그래서 약 이 개월간의 어학연수를 다녀오기로 했다. 그렇게 길진 않았지만 두 달 남짓한 기간 동안 내 생애 첫 자취 생활이, 그것도 외국에서 시작된 것이었다. 걱정이 한가득인 부모님을 뒤로하고 비행기를 탔고, 그렇게 나의 첫 독립생활이 펼쳐졌다.

일본 대학에 가기로 마음먹은 순간부터 그 전까진 이렇게 빨리 일본을 경험하리라고 예상하지 못했지만, 돌이켜보면 조금 힘들고 험한 길을 겪었던 것이 큰 도움이 되었던 것 같다. 힘든 경험은 항상 무언가를 나에게 남겨주곤 했으니까.

♪ ♪ ♫♪

일본어학당
적응기

일본에 도착한 이후 기숙사까지 어떻게 찾아갔는지는 기억나지 않는다. 내가 고생해서 찾아간 게 아니라, 인천 공항에서부터 '○○ 어학당 분들 따라오세요'라는 깃발을 든 어학원 관계자를 내내 따라다녔기 때문이다.

어학당의 첫 수업을 듣고는, 기대가 컸던 만큼 실망도 컸다. 어학당 연수생의 대부분은 나처럼 유학을 목적으로 공부하러 온 게 아니라, 학업은 쉬엄쉬엄하고 실제로는 놀러 온 사람들이었다. 나 말고 고등학생은 딱 한 명 있었는데, 담배를 뻑뻑 피우는 한 살 위의 형이라 말을 걸기가 어려웠다. 왠지 노는 사람 같았다. 그 외에는 대부분 이십 대 초중반이 많았고, 드문드문 이십 대 후반, 많으면 삼십 대 초반까지의 형과 누나들로 이루어져 있었다. 국적은 한국인이 제일 많았고 그다음은 중국인 순이었다.

일본어학당이 쉬는 주말이나 공휴일이면 다들 기숙사를 떠나 이곳저곳 놀러 다니기 바빴다. 월요일 수업시간 전이면, 다들 주말에 어디를 놀러 갔느니 어디가 좋았느니 하는 이야기로 시시덕거렸다. 나는 할 말이 없었다. 그도 그럴 것이, 나는 주말마다 자습실 비슷한 곳 구석에서 한자를 연필로 끄적여가며 열심히 공부하는 데 시간을 썼기 때문이다.

수업은 어느 정도 다양하긴 했다. 한자 암기와 회회 수업도 있긴 했는데, 아주 기초적인 수준이었다. 사실 수업자체는 한국에서 학원을 다니는 게 더 나을 것 같다는 생각이 들었지만, 일본 유학을 미리 체험해볼 겸 일본어만 써야 하는 일상을 경험하는 데 더 방점을 두었다. 편의점부터 거리의 간판, 교통 표지판, 영수증, 전기세까지 전부일본어로 되어 있는 상황은 확실히 새로웠다. 실제로 한국에 있을 때보다 일본어가 폭발적으로 늘었다.

내게 제일 낯설었던 공간은 시장이었다. 식자재에 쓰이는 한자들이 아주 버라이어티했다. 우유나 채소 정도는 기초 한자라 쉽게 읽을 수 있다 쳐도, 한국에서도 평소에 쉽게 접하기 힘든 특수한 식재료는 읽을 엄두도 내지 못했다. 일본 시장에 가면 보게 되는 다양한 수산물과 채소에 쓰이는 한자들은 대학교 졸업 직전까지도 제대로 못 외웠다. 흔하게 보이는 고구마나 감자, 몇몇 고기 부위 같은 건 학교를 다니다 보니 자연스레 외워졌지만, 자주 못 보는 식자재는 애써 외워보려 해도 쉽지 않았다. 요리에 흥미라도 있었더라면 더 많이 알았을 텐데, 그런 것도 아니었다. 건축학과에서 배우는 전문적인 한자보다 예측할 수 없는 식자재의 한자들이 더 어려웠다. 내게는 최고 난도였다고나 할까. 대신 세일 상품에 관련된 한자는 바로 외웠다.

일본어학당과 기숙사를 오가며 꾸준히 배우기 시작했는데, 수업의 주제가 일본어에만 국한되지는 않았다. 수업 대신에 일본의 전통문화를 체험할 수 있는 곳엘 데려

가기도 했다. 특히, 스모 대회가 기억이 나는데, 일본어학당에서 사준 표가 워낙 저렴한 것이어서 가까이에서 보지는 못했다. 멀찌감치 떨어진 입석에서 덩치 큰 사람 둘이 손바닥으로 서로 밀어젖히는 것을 어깨 너머로 가까스로 보았다.

이미 일본에 자리를 잡고 살고 있는 사촌 누나도 있어서 일본에 온 김에 보러 갔다. 지하철이 한국보다 복잡하기로 유명한 것은 알았지만, 멀리까지 타고 나가본 경험은 그때가 처음이었다. 누나는 걱정이 되었던 모양인지, 문자로 오는 방법을 세세하게 적어주었다. 지하철에서 처음 본 노선도는 거의 암호 같았다. 일본은 한국처럼 땅아래를 지나는 지하철이 주류가 아니고 지상철이 많아서 그런지, 굉장히 복잡하게 얽히고설켜 있다. 주머니에 넣었다 빼면 꼼짝없이 꼬여버리는 이어폰 줄 같았다. 거기에다 철도회사가 다른 역으로 환승을 하려면, 삼성과 애플같이 브랜드가 다른 이어폰 두 개가 꼬여 있는 기분이들었다. 상상만 해도 꼬인 줄을 풀 생각에 속이 답답하다. 당시엔 정말 총체적 난국이었다. 한국과는 다르게 일본

지하철은 민영화를 거치면서 회사가 통일되지 않고 여러 종류의 민간기업이 난립하게 된 것도 이런 혼잡에 한몫했을 것이다.

환승할 때마다 "이 역은 어떻게 갑니까", "이 역은 어떻게 환승합니까" 하고 미숙한 일본어로 역무원을 귀찮게 했었다. 그때마다 역무원들은 늘 친절한 말투로 알려주곤 했다. 덕분에 어찌어찌 간신히 역에 도착해 출입구 앞에서 기다리고 있으니 아이를 유모차에 태운 사촌 누나가 오는 것이 저만치서 보였다. 그렇게 힘겹게 도착한 곳에서 누나가 사준 저녁밥은 참 맛있었다.

유모차 속 어린 아기는 지금은 훌쩍 자라 일본에서 학교를 다니고 있고, 귀여운 동생까지 두고 있다. 매형은 그 당시 일이 바빠 첫 만남 때는 보지 못했었다. 집에 돌아가기 전, 누나는 밥을 손수 지어 먹으라며 가지고 있던 밥솥까지 선물로 주었다. 일본 지하철을 탐험하는 힘겨운 여정을 마치고, 나는 밥솥과 함께 기숙사로 돌아왔다.

사촌 누나를 만나러 갔던 경험을 토대로 내가 앞으로 가려는 대학교를 미리 구경해볼까 하는 계획을 세웠다. 그때는 어학당에서 받은 휴대폰의 성능이 좋지 않아 목적지까지 휴대폰을 보며 갈 수가 없었다. 그래서 어학당의 컴퓨터를 사용해서, 작은 종이 상단에 '무사시노 미술 대학 가는 법'이라 적고 아래에는 어디에서 어떻게 환승을 하면 되는지 세세하게 일본어로 적은 다음 주머니에 넣었다. 그렇게 부푼 마음으로 무사시노로 향했다.

　중간에 환승할 때 한자가 너무 많아 헷갈리면, 지나가는 행인에게 "여기 가고 싶은데 어떻게 가야 하나요? 고코(이쪽)? 소코(그쪽)? 아소코(저쪽)?" 하고 물어보면 매번 친절하게 대답해주었다. 이때 일본 사람들에 대한 인식도 많이 바뀌었다. 역무원에게 물은 것도 아닌데, 이렇게 상세하게 알려주는 걸 보면 일본 사람들은 대부분 친절하구나 싶었다.

　그렇게 무사시노 미술대학에 도착했는데, 아뿔싸, 중요한 정보를 하나 놓치고 말았다. 주말에는 학교 문을 안

연다는 사실을 도착하고서야 알았던 것이다. 정문에서 한동안 어슬렁거리다가 아쉬운 마음을 뒤로하고 기숙사로 돌아왔다. 다음에는 저 문을 꼭 넘어야지, 하고 다짐하면서.

일본어를 배우러 온 사람들의 태도나 수업 내용은 예상했던 것에 비해 솔직히 좀 실망스러웠지만, 유학 전에 그 나라를 미리 경험해보는 것은 확실히 도움이 되었다. 누군가 유학을 고민하고 있다면 짧은 여행보다는 조금 더 장기간으로 머물 수 있는 어학연수를 추천해주고 싶다.

여행이 곧 떠날 방랑자의 위치에서 그 나라를 바라보는 것이라면, 어학연수는 선생님이나 기숙사의 동료들처럼 지속적으로 교류할 수 있는 누군가가 있다는 점에서 차이가 있다. 앞으로 유학생이 될 사람으로서, 잠시나마 그곳의 구성원으로 지내는 체험을 미리 해볼 수 있다는 것은 확실히 득이 되는 경험이다.

심심한데 좀
엇나가볼까?

내가 절약하는 습관을 갖게 된 계기가 바로 이 어학연수가 아니었을까 싶다. 어학연수를 가보니 보통 내 또래들은 당장 수중에 들고 온 제법 큰돈을 관리할 줄 몰라 처음부터 거침없이 마구 쓰곤 했다. 쓸 땐 쓰고 먹을 땐 먹고 마실 땐 마시고. 그러다가 어느 순긴 부쩍 줄이든 돈을 보고, '내가 돈을 너무 막 썼구나' 체감한 후에야 아껴 쓰기 시작했다.

나는 반대로 돈을 너무 적게 쓰고 다녔다. 지금 생각해도 그때의 내가 안쓰럽게 느껴질 만큼 강박적으로 아꼈다. 기숙사에 있을 때는 주로 밥을 해서 먹었고, 쌀도 아껴야 할 것만 같아서 반 그릇씩 먹었다. 밥그릇도, 지금 우리 집 강아지 밥그릇보다 더 작은 것을 사용했다. 반찬은 편의점에서 사온 아담한 비엔나소시지 세 개 정도. 밥은 사촌 누나가 준 압력밥솥으로 지어 먹었다. 비엔나소시지 세 개에 밥 반 그릇이라니, 누가 들으면 재난이라도 겪고 있는 줄 알았을 것이다.

밥을 지어 먹을 때는 종종 문제가 생기곤 했다. 사촌 누나가 준 압력밥솥은 공짜로 받아서 잘 썼지만, 가끔 밥솥이 자기 화를 못 이기는지 푸슈슉 하고 압력이 샜다. 비폭력주의를 지향하는 압력밥솥이었는지, 쌀에 공기의 압력을 잘 가하질 못했다. 그래서 설익은 밥이 지어지는 날도 몇 차례나 있었다. 이런 날에는 그냥 설익고 텁텁해 맛없는 밥으로 끼니를 때울 수밖에 없었다.

지금 생각해보면 어린놈이 뭐가 궁하다고 그렇게까지 아껴 살았나 싶다. 하지만 그때는 돈이 줄어들어 한 푼도 없는 처지가 될까 봐 밥이 맛이 있느니 없느니 따지기 전에, 내가 아낄 수 있는 한 저렴한 식단을 짜서 먹었다. 그냥 편하게 쓰다가 부모님에게 돈 좀 부쳐달라고 SOS를 쳐도 됐을 테지만, 사나이 자존심이 있지, 첫 자취인데 돈 관리도 제대로 못 한다는 소리를 듣고 싶지 않았고, 잘해 내야만 할 것 같았다. 그래서 처음에 가지고 간 돈만으로 두 달 내내 아껴 쓰며 살았다.

이런 식으로 소식(小食)을 하며, 매일 일본어 수업을 마치고 기숙사 방으로 돌아오면 무척 지겨운 시간이 기다리고 있었다. 당시엔 한국에서 거의 아무것도 들고 오지 않았었다. 책이니 뭐니 전부 한국에 둔 채 몸만 달랑 바다를 건넜던 것이다. 한국에서 검색했을 때는, 기숙사에 텔레비전을 비롯해 뭐든 즐길 만한 게 많다는 후기를 많이 보았었다. 그 말만 믿고 별다른 준비를 안 했는데, 정말이지 크나큰 오판이었다. 정말 지금 다시 생각해도 기숙사에서의 시간은 지루하기 짝이 없었다.

'지루하다'라는 단어가 어떤 형체를 가지게 된다면, 내 경우엔 분명히 그 기숙사 방처럼 보일 것이다. 기숙사의 후줄근한 책상도, 싸구려 패턴이 반복되는 허름한 벽지가 도드라진 벽도, 밤마다 이상한 크리스털 무늬가 밖의 전봇대 조명에 비쳐 보이는 낡은 창문도 그 지루함에 일조했다. 이 방에서는 앞으로도 그렇게 지루할 수 없을 만큼 지루했다. 십 년 이상이 지난 지금도 그때보다 더 지루했던 적은 없었다는 데 동의할 수 있을 정도다.

물론 지루함은 그 방만의 문제는 아니었다. 내가 그 지루함을 이겨낼 방법을 너무 몰랐다. 지금이야 맨손체조라도 하고 동네나 상점 구경을 나가면 될 테지만, 그때는 하고 싶은 것도, 할 수 있는 것도 잘 모르던 시기였다. 학교에만 박혀 있다 갑자기 자유롭고 스스로 책임져야 하는 상황에 놓이다 보니, 모든 게 낯설기만 했다. 항상 수동적이었던 그 시절의 나에게 자기 주도적인 하루를 보낸다는 건 그 자체로 너무 막연한 일이었다.

방 안에서 정말 할 게 없었던 나는 일본어 전자사전을 잡고 뒤적거리기를 많이 했다. 전자사전은 단어만 찾을 수 있는 게 아니고, 버튼을 누르면 발음을 함께 말해줬다. 그렇게 사전을 귀에 바짝 대고 스피커에서 나오는 소리를 듣던 그때, 나는 내 귀에 처음으로 충격을 받았다. 내

오른쪽 귀와 왼쪽 귀로 들리는 소리가 완벽하게 다르다는 사실을 처음 깨달았던 것이다.

점진적으로 나빠지는 귀의 상태는 사실 쉽게 체감하기 어렵다. 그냥 나빠지는구나 하고 막연하게 살다가, 한순간 내가 장애인이 되었다는 게 실감 나는 때가 찾아온다. 그때가 바로 그런 순간이었다. 내가 감동을 느낀 음악도, 눈물을 흘리며 본 영화도, 그 모든 소리가 전부 완벽하지 않은 어긋난 소리였다니!

다음 날 학원에서 한국인 형들한테 "형, 나 왼쪽 귀와 오른쪽 귀로 듣는 소리가 달라요!" 하고 얘기했다. 사실 반응은 좀 시원찮았다. "나도 그래. 그건 당연한 거야. 나도 양쪽 귀가 약간 다르게 들리는걸." 그 말을 듣고 '글쎄, 내 입장에선 당연한 게 아닌 것 같은데. 내 귀 상태가 어떤지 모른다고 저렇게 쉽게 얘기할 수가 있나?' 이렇게 생각했다.

지금 와서 돌이켜보면, 그 형들도 나이가 스무 살 언저

리였으니 상담사로서의 역할을 기대한 내 쪽이 과한 욕심을 부린 것이었을 거다. 그 형들로서는 나름대로 최선의 대답을 해준 것이었을 텐데. 그 이후로 어학당에서는 내 귀 상태에 대해선 다시 얘기를 꺼내지 않았다.

기숙사에서는 대부분의 시간을 전자사전을 만지작거리며 놀았다. 삑삑삑 하는 버튼 효과음, 버튼을 누르면 낮은 음질의 여자 목소리로 들려주는 다양한 발음들. 사람이 그리웠던 모양인지, 발음 버튼을 자주 눌렀다. 주로 찾아봤던 발음은 대부분 성에 관련된 것들이었다. 열여덟 살 때이니 아무래도 성이나 이성에 대한 관심이 부쩍 많은 시기가 아닌가. '렌아이(연애)', '가타오모이(짝사랑)', 그리고 약간 민망하지만 '세쿠스(성교)' 같은 것들. 이렇게 쓸데없는 발음을 뒤적거리며 듣던 어느 날, 이 구닥다리 전자사전 속에 광명이 깃들었다. 사전 구석 메뉴에 박혀 있던 게임을 찾아낸 것이다. 아주 형편없는 해상도의 게임은 두뇌게임의 하나인 '스도쿠'였다. 그렇게 잠들기 직전까지 스도쿠를 계속 반복했다. 그때 이후로 스도쿠에 빠져서 지금도 가끔 생각나면 휴대폰으로 하곤 한다.

한번은 잠이 잘 안 와서 서너 시간 동안 스도쿠만 계속했는데, 그러자 멀미가 날 지경이 되었다. 뇌가 나에게 '주인님아, 밑도 끝도 없는 두뇌게임으로 나를 그만 착취하라고!' 하고 외치는 듯했다. 그래서 전자사전을 끄고 보니 역시나 할 게 없었다.

어느 날, 침대 위에서 뒹굴뒹굴하며 멍하니 있다 번뜩 '약간의 비행을 한번 저질러볼까?' 하는 생각이 들었다. 혼자 가만히 있자니 심심하기도 했고, 부모님도 없겠다, 이참에 조금 엇나가봐? 그럼 무슨 비행을 저질러볼까? '음… 좋았어. 미성년자는 살 수 없는 맥주를 한번 사봐야겠다' 라는 생각으로 쭉 이어졌다.

대수롭지 않은 일일 수도 있겠지만, 샌님이었던 나로서는 무척 가슴이 콩닥거리는 일이었다. 계획도 열심히 세웠다. 혹시 나이를 물어보면 어떻게 대답해야 할지, 만약 내가 미성년자인 게 들통나면 잡혀가는 건 아닐지, 잡혀가면 불법 체류자로 영원히 일본에서 살아야 하는 건지, 혹시 감방이라도 가게 된다면 그곳에선 어떤 일을 당할지, 이런 말도 안 되는 망상을 머릿속에 가득 채운 채 편의점에 들어갔다.

계획한 대로 입구에서부터 애써 성인인 척 걷고, 편의점 냉장고 문을 열어 작은 맥주 한 캔을 과감하게 쥐었다. 어른스럽고 남자답게 걷고 과감하게 맥주를 든다는 게 대체 어떤 건지는 아직도 모르겠지만, 그건 아마 '이 술을 들고 있는 것은 제가 사는 데 합당한 자질이 있는 어른이기 때문입니다'라는 뉘앙스를 담은 게 아닐까 싶다.

이렇게 '저 어른이에요' 하는 태도로 맥주를 들고 카운터에 갔다. 쿵쾅거리는 심장 소리가 밖으로 들리는 건 아닐까 속으로 벌벌 떨며 카운터에 맥주를 내려놓았다. 맥주의 바코드가 삑 하고 찍혀서 결제를 하려고 준비하는데, 갑자기 카운터 직원이 말을 거는 게 아닌가?

사실 요즘도 그렇지만, 나는 너무 긴장하면 한국어든 일본어든 소리가 잘 안 들린다. 들리는 모든 언어가 조립되지 않은 채 파편으로 흩어져 뇌에 꽂힌다. 직원이 일본어로 계속 뭐라고 말을 하는데, 나는 또 알아듣지를 못해서 정신이 혼미해지는, 속된 말로 멘탈 붕괴가 오는 그런 상황이었다.

설마 진짜로 말을 걸 줄은 몰라서 잠시 정신이 혼미해졌다가, 다시 정신을 차리고 집중해서 들어보니 숫자를 말하는 것 같았다. "-햐꾸 -쥬 -데스." 계속 못 알아듣는 표정을 짓고 있으니 한 번 더 말해줬다. "니햐꾸고쥬 엔 데스." 아, 250엔이라는 거였구나. 놀란 마음을 달래며 가볍게 동전을 내려놓았다.

집에 와서 구석에 쭈그리고 앉아 작은 캔을 딴 다음 홀짝홀짝 마셨다. 그때 마실 땐 참 쓰디썼다. 버릴까 하다가 나름의 모험을 감행한 게 아까워서 또 조금씩 홀짝거리며 마셨다. 맥주를 마시면서 든 생각은, '이걸 왜 돈 주고 사 먹지? 이 돈으로 콜라나 사 먹을걸. 1.5리터짜리 대용량 콜라랑 가격도 얼마 차이 안 나는데'였다. 물론 지금은 완전 맥주 마니아가 되었지만.

가끔 다른 형이나 누나의 기숙사 방에 모임이 있어서 가보면, 노트북에 영화나 게임 같은 것이 한가득 담겨 있는 걸 볼 수 있었다. 속으로는 많이 부러웠다. 나는 전자사전 안의 스도쿠 게임밖에 없는데, 하고.

사실 가장 좋은 선택은 유명 명소를 찾아다니는 관광이었을 것이다. 일본에 와 있으니까. 하지만 당시의 나는 밖을 나돌아다니는 걸 즐기는 성격이 아니었다. 그렇다 보니 가까운 역 근처의 오락실 같은 데 가서 게임을 구경하는 게 전부였다. 조금 멀리 간다고 해도 신주쿠, 시부야 같은, 유명하지만 특출난 게 없는 곳에서 온종일 걸어 다니다가 그곳의 오락실을 기웃거리며 구경하는 정도였다.

정작 오락실에서도 게임을 할 엄두는 내지 못했다. 당시 한국 오락실은 100원, 비싸면 500원으로 한 판을 즐길 수 있었는데, 일본은 기본이 100엔으로 시작됐다. 한국 돈으로 1,000원을 내는 것과 같다. 체감상 열 배보다 더 차이 나게 느껴졌다. 그냥 구경만 하다 보면 슬슬 어두워지기 시작하고, 그러면 집으로 돌아왔다. 올 때도 일본은 교통비가 비싸니 다섯 정거장 정도는 걸었다. 돌이켜보면 참 궁상맞게 살았구나 싶다.

이렇게 아끼다 보니 돈이 어느 정도 남았다. 남은 돈으로는 가족들이나 친구들 맛보라고 일본 과자 따위를 왕창 샀다. 공항으로 마중 나온 부모님이 나를 보고, 아니 내 짐을 보고 무슨 과자를 이렇게 많이 사왔느냐고 말했을 정도였다.

어학연수를 마치고 한국으로 돌아와 다시 학교를 다니는데, 보증금 일부를 일본어학당으로부터 반환받았다고 어머니가 전해주었다. 기숙사에 들어가기 전에 내는 보증금에는 앞으로 쓸 전기세나 수도세 같은 비용이 미리 계산되어 포함돼 있었는데, 내가 너무 아껴 쓴 나머지 그 돈이 남았다며 돌려준 것이었다. 어머니는 그때 왜 그렇게 아끼며 살았는지 내게 물었는데, 솔직히 나도 왜 그랬는지 모르겠다. 어린 시절부터 돈을 아껴 쓰던 습관이, 낯선 이국에서 혼자 지내다 보니 외려 과하게 증폭됐던 게 아닌가 싶다.

초등학교 시절, 어머니가 날마다 학교 가는 버스비를 몇백 원씩 주면 나는 그냥 걸어서 학교를 다녀왔다. 그렇게 수중에 생긴 얼마 안 되는 돈으로는 파란색 불량 사탕을 혀가 새파래지도록 사 먹곤 했다. 당시 텔레비전에 나오던 노래 중에 뭔가 '버스비 버스비'같이 들리는 가사가 있어서, 그걸 흉내 내 부르며 버스비를 받아갔다.

이게 대체 무슨 노래인지 몰라서, 어머니와 함께 기억을 몇 시간 동안 뒤적거렸던 적이 있다. 알고 보니 DJ DOC의 〈런 투 유〉였다. 초반부의 "Bounce with me Bounce with me"가 어린 내 귀에는 "버스비 버스비"로 들렸던 것이다. 나는 매일 아침 등교 전에 이 노래를 부르며 버스비를 타갔다. 어학연수 시절의 궁핍함이 문득 어린 시절의 소소한 기억을 불러일으킨 셈이다.

아무튼 그냥 한국에서 일본어를 공부했으면 불확실한 마음으로 유학길에 올랐겠지만, 어학연수를 다녀오며 유학 생각이 확실해졌다. 나 자신에 대해서 배우는 것도 있었다. 가지고 있는 돈을 절약하고 지내는 나의 모습을 본다는 것은, 경제적으로 통제력이 있다는 자신감을 심어주었다. 이 소소하고 건강한 자신감은 지금까지 이어져 적금을 끝까지 붓게 하는 원동력이 되어주었다.

일본 현지에서 일본어로 대화하는 것도 내 예상보다 힘들지 않았다. 학원에서 아무리 일본어를 잘한다고 해도, 실제 일본에서 일본어로 대화하는 것과는 느낌이 많이 다르다. 나에게 있어 제일 큰 난관인 언어적인 문제도 겪어보니 걱정했던 것보다는 괜찮았다.

무언가 하고 싶은 게 있다면, 신중하게 고민하는 것도 좋지만 가끔은 눈 한번 질끈 감고 시도해보는 것도 좋을 것이다. 선택하지 못한 채 어영부영 고민하는 시간도 쌓이면 긴 세월이 된다. 그렇게 시도해서 몸소 겪어보면, 선택하길 잘했는지 혹은 이 선택은 별로인지 판단이 명확해진다. 그렇게 유학에 대한 불확실한 마음을 다잡았다.

우리가 들으려고
태어난 건 아니잖아?

　살면서 주도적인 의지를 가지고 부모님에게 내 의사를
표현한 첫 번째가 일본 유학이라면, 두 번째는 와우 보청
기 수술을 받고 싶다고 말한 것이었다. 인공 와우 보청기
는 대중들에게는 잘 알려져 있진 않지만, 일반적으로 귓
구멍에 넣는 보청기보다 더 잘 들을 수 있는 대신, 조금
큰 수술이 필요한 보청기다.

　일본에서 잘 지내려면 아무래도 청력이 더 좋아져야
할 것 같았다. 겨울방학 때 어학연수를 통해 현장을 경험
하며 느낀 것도 컸다. 지금의 보청기로 유학 생활을 하면
아무래도 쉽지 않을 것 같아서, 수술을 감내하고서라도
더 잘 들을 수 있는 보청기를 끼는 편이 장기적으로 낫겠

다고 생각했다.

아무래도 큰 수술이다 보니 부모님이 걱정을 좀 했다. 수술까진 안 해도 되지 않느냐, 지금도 잘 듣고 있지 않느냐, 이렇게 말했지만, 나는 뭔가 수술을 받아야 할 것 같은 강한 필요성을 이미 느낀 상태였다. 이 수술을 받아야 더 의미 있는 대학 시절을 보낼 수 있을 것 같았다. 일본까지 공부하러 갔는데 허망하게 시간을 낭비하고 싶지는 않았다.

지금 와서 생각해보면, 그때 수술하길 참 잘한 것 같다. 물론 수술한 직후 한동안 참새가 시비를 거는 듯한 이상한 소리가 들려 적응하는 데 애를 먹었고, 이후 몇 년간은 천천히 적응해나가는 시간이 필요했지만, 그러면서도 얻은 것들이 훨씬 더 많았다. 수술을 통해 못 듣던 음역대도 들을 수 있게 되었고, 그에 따라 자연스레 발음도 좋아졌다.

청각장애인이라고 모든 소리를 전부 잃는 것은 아니다.

어떤 사람은 차 소리와 같은 낮은 소리를 못 듣고, 어떤 사람은 높은 소리를 못 듣는다. 나는 후자에 가깝다. 기존에는 시옷 같은 고주파 음을 못 들어서 발음을 제대로 못했다. 시옷은 전부 지읒으로 발음했다. 사장님은 자장님, 소설책은 조절책, 슈퍼마켓은 쥬퍼마켓. 시옷을 지읒으로 바꿔서 생각해보니, 그 시절의 내 발음을 지금 듣는다면 나라도 웃음이 터질 것 같다. 조절책이라니 무엇을 조절하는 걸까. 뭔가 수위 조절 같은 것이 참 잘될 것 같다. 이후 시옷이 들리면서 발음도 자연스럽게 고쳐졌다.

초등학교 때 귀를 잃기 직전의 어느 날, 베토벤 교향곡 5번 〈운명〉을 들으며 절절하게 감동받았던 그 순간은 이제 영영 다시 경험하지 못하리라 생각했다. 하지만 보청기에 적응된 후 그 곡을 다시 듣는데 눈시울이 조금 붉어졌다. 이 곡에 다시 감동할 순간이 올 줄은 몰랐는데. 베토벤도 자신이 귀를 잃고 난 후 작곡한 교향곡이 몇 세기 후 대한민국의 청각장애 청년에게 감동을 주리라곤 생각지도 못했겠지.

인공 와우 수술에 대해 잠깐 설명을 해보자. 달팽이를 한자로 와우(蝸牛)라고 쓴다. 즉 인공 달팽이관 수술이라는 뜻이다. 고막 근처에서 소리를 증폭시켜주는 일반 보청기들과는 다르게, 와우 보청기는 수술을 통해 달팽이관에 전기 자극 관을 삽입한 후, 보청기로부터 달팽이관까지 직접 전기자극을 주어 소리를 듣게 하는 것이다.

사실 수술 과정을 자세하게 듣기 전에는 막연하게 '수술 이후에 적응만 잘하면 유학 생활이 훨씬 즐겁겠지?' 하고 생각하고 있었다. 수술 과정이 어떤지, 어디를 자른다거나 갈아낸다거나 하는 그런 상세한 내용에는 주의를 기울이지 않았다. 분명 설명을 들었는데 내가 놓친 것일 테다. 어쩌면 무서워서 무의식적으로 듣기를 회피한 것일 수도 있었다.

그렇게 막연히 수술 날짜를 기다리다 수술하기 며칠 전에 입원했다. 수술 전날 간호사가 수술 과정을 다시 한번 설명해주었다. 전신마취 이후 귀 뒤편을 절개하여 열고, 보청기가 잘 자리 잡도록 하기 위해 두개골 측면을 약간 갈아낸 다음 두개골 아래쪽에 작은 구멍을 뚫는다고 했다. 디테일한 수술 과정을 들을 때는 정말 덜컥 겁이 났다. 약간의 현기증마저 느꼈다. 내 소중한 두개골의 일부가 갈린다니! 거기에다 구멍도 뚫는다고? 상상만 해도 정말 살벌했다. 도망가고 싶었다. 하지만 내가 수술을 하겠다고 부모님을 설득한 이상, 이제 와서 못 하겠다고 내뺄 수는 없는 노릇이었다. 벌벌 떨리는 속내를 애써 감추면서, "이 정도면 할 만하네" 하고 부러 허세를 부렸다. 그래도 부모님은 아들이 덜덜 떨고 있다는 것을 다 알았을 것이다.

다음 날 수술실에 들어가자 간호사가 전신마취 마스크를 걸쳐주며 호흡을 시켰다. 나는 지시받은 대로 호흡을 하며 숫자를 세기 시작했다. '하나, 둘, 셋, 넷…' 사실 넷까지도 안 갔던 것 같다. 마스크를 쓰자마자 훅 마취가 됐다. 호흡기를 착용하기 직전에 숫자를 세려고 한 기억은 있는데, 착용한 후 숫자를 센 기억은 또렷하지 않다. 한참이 지나 흐릿한 의식과 함께 힘겹게 눈을 뜨니, 눈앞에 새하얀 병원 천장이 보였던 기억이 난다. 새하얀 배경을 보고, 순간 내가 죽은 줄 알고 깜짝 놀랐다. '수술 실패인가? 사후세계에 도착했나? 의사 선생님, 대체 왜 그러셨어요?' 하고 생각하는데, 하얀 천장 속으로 어머니와 아버지와 동생의 걱정 어린 얼굴이 쑥 들어와 안심했다.

그러고 나서는 한동안 휠체어 신세를 졌다. 인공 와우 수술을 받으면 얼마 동안 걸을 수 없는 상태가 된다. 균형을 못 잡기 때문이다. 수술 부위인 달팽이관의 바로 옆, 우리가 걷거나 뛰거나 할 때 쓰이는 균형감각을 담당하는 반고리관이 아무래도 영향을 받기 때문이다. 그렇다고 계속 누워 있을 수만은 없는 노릇이니, 병원에서도 운동도 할 겸 휠체어를 타라고 권해서 입원해 있는 동안 그렇게 했다.

입원 중에 잠깐 타는 것이긴 했지만 평소에 접하기 힘든 희귀한 이동 수단이니, 이 기회에 열심히 타야겠다 맘먹고 병원 내부 곳곳을 누볐다. 바람을 쐴 겸 옥상에도 종종 갔는데, 옥상의 풀밭도, 옥상에서 내려다보는 경치도 좋았다. 경사로에서 어머니의 도움 없이 올라가려다 실패했던 적도 있다. 어머니가 뒤에서 밀어주면서, 내가 너무 무겁다고 했다.

균형감각이 없는 세상도 나름 재밌었다. 그냥 평소대로 걸었는데 세상의 수평선이 수직선이 되는 느낌이랄까. 영화 〈인셉션〉에서 바닥이 꺾여 벽이 되어가는 장면과 느낌이 비슷했다. 다행히 나는 아스팔트 도로 위에서 수평선이 수직선이 되는 것을 실험할 정도로 바보는 아니었다. 대신 침대에 무수히 헤딩을 했다. 은근히 중독성이 있어서 몇 번씩이고 반복하곤 했다. 침대 위를 걷다가 옆으로 자빠지면서 '헤헤헤' 웃는 아들을 보며 어머니는 무슨 생각을 했을까.

수술을 한 이후 학교로 돌아가서는 균형감각이 돌아오기 전까지 몇몇 친구들 신세를 좀 졌다. 급식 시간이나 반을 이동할 때마다 친구의 어깨를 잡고 돌아다녔다. 보청기에 적응하는 데도 고생을 좀 했다. 수술 이후 보청기를 착용하면, 처음 들리는 소리가 사람마다 다 다르다. 나의 경우 모든 소리가 높은음으로 '우웅우웅 웅웅웅' 이렇게 들렸다. 마치 참새가 나한테 시비를 거는 것 같은 그런 느낌의 소리여서, 의사 선생님께 "참새가 시비를 거는 것 같은 소리가 들려요"라고 말했더니 웃었던 기억이 난다.

나는 이때 일부러 적응을 잘하려고 보청기 소리를 크게 키우고 다녔다. 의사 선생님 말로는 귀가 아프다고 소리를 너무 낮게 들으면 적응이 힘드니, 한 음역대가 적응되면 조금씩 더 키우고 다니라고 했다. 그렇다고 일부러 막 더 크게 키울 필요는 없고, 어느 정도 듣다가 적응이 될 때마다 조금씩 키우라고 했다. 이 이야기를 듣고 속으로 생각했다. '그렇다면 보청기 소리를 초반부터 크게 키우고 들으면서 버티면, 잎으로 적응하기가 더 수월하지 않을까?' 그래서 처음부터 크게 키우고 다녔다.

와우 보청기에 적응하는 동안에는 모든 소리가 '웅웅웅'으로 들렸다. 엄마, 아빠의 "밥 먹었니?"도 "붕 웅웅웅?"으로 들리고, 친구가 말하는 것도 전부 "웅웅웅"으로만 들렸다. 모든 게 '웅웅웅'으로 들리는 세상이라니 뭔가 웃겼다. 화장실이 급한데 말도 제대로 못 하고 "웅웅웅!

웅웅 붕웅웅웅!" 하다가 결국 바지에 참사라도 일으키면 어떡하나 하는 쓸데없는 상상을 하며 혼자 피식 웃기도 했다.

아무튼 이 웅웅거리는 소리에 적응해나가는 동안 얼마나 스트레스를 받았는지, 눈이 튀어나올 것 같고 머리가 빠개질 듯 아팠던 적도 많았다. 그래도 적응을 잘해내기로 결심한 이상, 소리를 키우고 비텨야 달팽이관 속에 굳은살이 생길 것 같다고 판단해서 어떻게든 키우고 다녔다.

지금의 내가 당시를 돌이켜보면, 좀 천천히 키웠어도 됐는데 굳이 한번에 크게 키우고 다니던 고집 센 아이가 보인다. 방과 후 집에 돌아와서 보청기 소리를 키우고 누워 있는데 어머니의 걸음 소리가 너무 크게 들려서 "엄마, 좀 조용히 걸어줘!" 하고 짜증을 낸 적도 있었다. 어머니는 그냥 평소처럼 걸었을 텐데, 갑자기 봉변을 당한 기분이었을 테다. 불효의 형태는 실로 다양하다.

지금은 보청기를 낀 일상이 뺀 일상보다 편안할 정도로 적응을 잘했다. 그렇다고 모든 청각장애인이 나처럼 와우 보청기에 적응을 잘한다고 생각하면 안 된다. 와우 보청기를 착용하고 대화하는 사람들을 많이 만나보진 않았지만 말이다. 와우 보청기를 착용한 경험담에 관한 유명한 웹툰이 있는데, 바로 라일라 작가의 〈나는 귀머거리다〉이다.

라일라 작가는 후천적으로 귀를 잃은 나와는 달리 선천적으로 귀를 잃었다. 나는 와우 보청기를 착용하고 나서 의사 선생님에게 '새가 시비를 거는 것 같아요'라는 비유를 했지만, 이건 내가 무언가를 들었던 경험이 있기에 말할 수 있는 거였다. 소리를 듣는 것이 처음은 아니라는 말이다. 하지만 〈나는 귀머거리다〉의 '인공 와우 수술' 편을 보면, 라일라 작가는 이 수술을 통해 처음 들은 소리를 '공포스러운 감각'이라고 표현했다.

한 논문에 따르면, 인간의 모든 오감을 데이터화하여 추산하면 하루에 약 14GB의 데이터를 소화한다고 한다. 그중 제일 지분이 큰 75%, 약 10GB는 잘 알다시피 시각이 처리한다. 청각은 약 10%, 1.4GB의 데이터를 처리한다. 이 1.4GB의 데이터가 어느 날 갑자기 뇌로 쏟아지는 느낌은 과연 기쁨일까 공포일까.

나는 '청각 정보 처리 공장'의 관리자까지는 아니어도 인턴까지는 잠깐 하다 나온 셈이니, 나에게 주어진 1.4GB 의 소리 원자재를 어떻게든 관리할 수 있었다. 하지만 소리의 경험 자체가 처음이라면 이게 여기에 쓰이는지, 저기에 쓰이는지 우왕좌왕하며 하염없이 소리 원자재의 재고를 쌓아가게 되지 않을까. 점점 쌓여가는, 처리하지 못한 재고의 무게에 압도당하는 느낌을 받으면서.

나도 나름의 노력으로 이 특수한 기기에 적응했지만, 몇몇 부분에서는 운이 좋았다는 것을 부정할 수 없다. 라일라 작가는 결국 와우 보청기를 포기했다고 한다. 낯선 소리로 인한 스트레스로 대인관계에 지장을 주는 것보다 본인이 잘 지냈던 소리 없는 방식에 더 집중하기로 한 것이다. '인공 와우 수술' 편의 제일 마지막 대사가 기억에 남는다.

"우리가 들으려고 태어난 건 아니잖아?"

2

일본 유학기

○○○○○

무사시노 대학
시험을 치르며

인공 와우 수술을 끝낸 이후, 보청기에 적응해가며 유학 준비도 본격적으로 시작했다. 가고자 했던 곳은 두 군데였다. 무사시노 미술대학의 건축학과와 다마 미술대학의 환경디자인학과. 내가 준비해야 할 것은 세 가지였다. 연필로 그리는 데생, 한국 입시의 수능에 해당하는 시험, 그리고 일본어 능력을 평가하는 일본어 면접이었다.

타 학과의 경우에는 데생뿐 아니라 수채화, 유화처럼 색이 들어가는 염료로 그림을 그리는 실력도 보았는데, 건축학과는 데생만 보았다. 솔직히 준비할 게 하나라도 적어서 다행이었다. 수채화나 유화는 재료 준비 비용도, 채색을 배우는 시간도 더 들었기 때문에 전체적으로 절약이 된 셈이었다.

대학을 지원하기 위한 시험의 경우, 와세다 대학교와 같이 다른 일반 대학교에 가려면 'EJU'라는 수능 대체 시험을 한국에서 필수로 치러서 성적이 일정 점수 이상이 되어야만 지원이 가능했다. 하지만 무사시노와 다마 미술대학의 경우, 일본어 시험은 학교에서 자체적으로 치르는 방식이었다.

일본어 면접은 예상 질문지를 만들어 대답하는 연습을 했다. 왜 우리 대학을 지원하는 건지, 유학을 하기로 결정한 이유는 무엇인시, 선축학과를 왜 들어오려고 하는지 같은 질문들이었다. 이런 부류의 예상 질문들에 맞춘 답안을 짜두고 달달 외웠다. 대신 몇몇 질문에 대해서는 나만 대답할 수 있는 특별한 답안을 준비했다.

보통 면접을 볼 때는 다들 정장을 준비해 입고 가는데, 나처럼 고등학교를 갓 졸업하고 현역으로 지원하는 경우엔 교복을 입고 치르기도 한다. 그래서 나도 학교 교복을 입고 면접을 보러 갔다. 한국 고등학교 교복을 입고 일본 대학의 면접을 보다니, 느낌이 묘했다.

시험 당일, 걱정과는 달리 큰 어려움 없이 입시를 치렀다. 일본어 시험의 경우, 평소 풀던 문제보다 약간 쉬운 정도였고, 나의 경우엔 청각장애가 있기 때문에 따로 학교 측에 요청하면, 듣기 영역은 일본어 지문을 프린트해서 주었다. 솔직히 듣기 문제가 독해 문제로 바뀌면, 기존의 독해 문제보다 난이도가 상당히 내려간다. 나로서는 득을 본 셈이었다.

데생은 한국에서 이 년 동안 계속 준비를 해왔고, 시험 보기 약 이 개월 전부터는 별도로 일본 미대 입시 학원도 다녔다. 거기서 예상했던 문제와 거의 비슷하게 나와서 무난히 그릴 수 있었다. 그림을 마무리한 후 주변을 둘러보고 외국인 입시생들의 그림 실력에 약간 당황했는데, 데생 자체를 처음 해보는 수준의 수험생들도 꽤 많아서였다.

마지막으로 면접을 보러 갔다. 사실 내가 그렇게 잘 대답했나, 좀 의문스럽다. 합격하고 나서도 면접 때를 떠올리면 '교수님들은 왜 나를 뽑은 걸까?' 궁금하기도 했다. 내 추측으로는 면접에서 독특한 대답을 한 것이 유효하지 않았나 싶다. 준비를 할 때도 누구나 대답할 만한 그런 전형적인 대답은 별로 준비하지 않았다. 대신 내가 직접 무사시노 미술대학을 둘러보며 느꼈던 것들을 표현하는 연습을 많이 했는데, 그런 점이 어필하지 않았을까.

예를 들면 이런 식이었다. 어학연수 시절에 학교를 미리 보았던 기억도 있고, 입시를 치르기 며칠 전에도 학교를 한번 둘러보았는데, 그때 내게 인상 깊었던 것이 있었다. 벽에 지지분하게 붙어 있는 동아리 포스터들이었다. 이전의 포스터가 뜯겨 나간 자국이 그대로 남아 있는 벽면과 그 위에 새로 붙은 포스터를 보고 있자니, 어떻게든 자기 동아리를 홍보하려는 필사적인 노력이 눈에 그려졌다. 그 덕지덕지하고 조잡한 포스터들이 이 학교 학생들의 열정으로 보였고, 어쩐지 환대받는 느낌이라 매우 정겹고 친밀하게 다가왔던 것 같다. 그래서 면접 때 그 이야기를 했다.

Q : 우리 무사시노 미술대학을 지원한 계기는 무엇인
　가? 어느 부분이 좋았나?
A : 몇 가지가 있지만, 다른 것보다 캠퍼스 안 이곳저곳
　에 지저분하게 붙어 있는 포스터들이 맘에 듭니다.
　뭔가 인간미가 느껴지는 것 같아서요.

　몇몇 교수님들이 이 대답을 듣고 미소를 머금었다. 면
접실에 함께 들어간 다른 지원자들이 어떤 이야기를 했
는지 지금은 가물가물하지만, 그냥 얼핏 떠올려도 '나는
전형적인 대답을 준비한 사람입니다'라는 티를 팍팍 냈
으니까 상대적인 차별점이 있지 않았을까.

　몇 가지 기억이 나는 질문과 답변.

Q : 일본 유학을 결정한 이유는? 굳이 자국 대학교를 가
　지 않고?
A : 한국은 버스가 너무 빨라서 매번 균형을 잡기 힘들
　었습니다. 일본은 버스가 안에 있는 승객들을 배려하

는 느낌의 속도라 좋았습니다. 전 귀가 좋은 편이 아닌데, 일본은 한국보다 장애인 복지가 좋다고 들었습니다. 그것도 유학을 결정한 중요한 요인 중 하나였습니다.

Q : 건축이 무엇이라고 생각하는가?
A : 건축은 사람이 있는 공간이라고 생각합니다. 우리가 서 있는 수많은 장소 모두 사람이 있으니까 건축이 있는 거죠. 그러니 버스정류장 같은 것도 건축이라고 생각합니다. 사람이 있으니까요.

지금 와서 생각해보면, 만 열여덟 살의 대답치고는 꽤 호기로웠네 싶다. 그렇게 모든 시험을 치른 후 같이 시험을 본 학원 동기들과 다시 숙소로 돌아갔다. 건너편에서 갓 시험을 치르고 집에 돌아가는 일본 여자아이들의 복장을 보고 기분이 다시 묘해졌다. 나는 일본에서 한국 교복을 입고 면접을 보는데, 너희는 너희 교복을 입고 면접을 보는구나, 하고.

이후 한국에 돌아와서 설레는 마음 반, 불안한 마음 반으로 결과를 기다렸다. 마침내 발표날이 찾아왔다. 합격 소식은 '무사시노 미술대학' 사이트에 들어가 그 안에서 '유학생 합격 발표' 파일을 다운로드받아 열어보아야 했다. 수험번호들이 주르륵 보였다. 여기는 공간연출학과니 제외하고, 여기는 시각디자인학과이고… 몇 페이지를 넘기다 보니 건축학과가 눈에 들어왔다. 손이 막 떨리고 심장이 마구 두근거렸다. 그리고 마침내 찾았다. 내 번호를. 합격이었다!

　부모님에게 "나 합격했어!" 하고 기쁜 맘으로 외쳤는데, 두 분의 반응이 생각보다 덤덤했다. 아니, 왜 이렇게 시큰둥하냐고 물었더니 걱정되어서 내가 일어나기 전에 먼저 결과를 찾아보았다고 했다. 부모님 입장에서는 혹시 떨어지면 낙담할 아들을 위해 미리 결과를 확인하고 상황에 따라 위로의 말을 준비할 생각이었던 거였다. 뭐, 합격을 했으니 위로의 말은 준비할 필요가 없었지만. 어머니와 아버지는 한국 컴퓨터의 자판으로는 치기도 어려운 일본어를 어떻게 입력해서 자료를 찾아본 걸까. 자식을 생각하면 그 정도 어려움쯤은 간단히 돌파할 수 있는 것일까.

어쨌든 그렇게 내 인생의 새로운 막이 올랐다.

# # # #

후쿠시마 사태 때
일본 대학의 신입생이 된다는 것

대학교 합격 발표 이후, 제일 먼저 여권과 비자를 갱신했다. 그리고 일본에서 쓸 성능 좋은 노트북과 입을 옷, 신발 등을 비롯해 유학 생활에 필요한 것들을 마련하느라 분주했다. 입시를 준비하면서 일본어 읽기와 쓰기는 어느 정도 수준에 올랐지만, 역시 대학 현장에 가면 말하기와 듣기가 중요할 터였다. 가뜩이나 청력 문제로 사람과 대화하는 데 미숙함이 있는 처지이니 합격 발표 난후로는 학원에 등록해 회화를 집중적으로 공부했다. 그리고 무엇보다도 보청기 관련 부품 여분들을 세심하게 챙겨두었다. 특히, 배터리는 갑자기 닳아서 못 쓰는 일이 없도록 넉넉히 준비했다.

일본 대학의 경우, 한국과 달리 4월에 개강한다. 합격 소식을 들은 것이 12월 말이니, 시간적 여유가 있어서 학원의 일본어 프리토킹 반에 등록했다. 학원에서 함께 공부했던 사람들이 축하를 많이 해주어서 기분이 좋았다. 이렇게 이런저런 유학 준비를 하면서도 한동안 만나지 못할 친구들과 많이 놀았다. 그러다 3월이 되자 친구들이 한두 명씩 빠지기 시작했다. 대학이 개강하자 친구들 대부분이 슬슬 대학 생활을 시작한 것이다. 그렇게 혼자 있는 시간이 늘어나다 보니 아무래도 유학 생활이 실감 나기 시작했다. 앞으로 사 년 이상 혼자 헤쳐나가야 할 유학 생활이었다. 아직 아무것도 모르는 상황이었으므로 반쯤은 신상감을 동반한 두려움에 차 있었지만, 그래도 나머지 반은 앞으로 겪게 될 수많은 경험들에 대한 기대감이 차지하고 있었다.

그런데 이게 무슨 일인가! 2011년 3월 11일, 후쿠시마 원자력 폭발 사건이 발생했다. 뉴스에서 매일같이 쏟아져 나오는 방사능에 관련된 기사들, 현장의 처참함을 비춰주는 영상들, 그리고 일주일 늦춰진 대학의 입학식. 무사시노 대학교의 한국인 유학생 커뮤니티에서는 한국으로 돌아오니 마니, 입학을 일 년 늦춰야 하니 마니 하는 글이 많이 올라왔다.

　나는 그 당시에는 만 열아홉 살의 근거 없는 호기랄까, 방사능이니 지진이니 하는 것들이 그다지 무섭게 느껴지지 않았다. 원자력발전소에서 누출된 방사능은 좀 꺼림칙하다 쳐도, 고강도의 지진을 제대로 경험해본 적은 없었기에 땅이 흔들리는 느낌이란 대체 어떤 걸까 궁금하기까지 했다. 철이 없었던 게 다행이랄까. 방사능의 장기적인 위험성이나 잦은 지진 같은 재해 발생의 가능성보다는, 여전히 새로운 생활에 대한 설레는 마음이 더 커서 그해에 바로 입학하기로 맘먹었다. 그러자니 우선 일본 현지에서 시급히 해결해야 할 일이 있었다. 바로 살 집을 찾는 문제였다.

　보통 유학생들은 대부분 입학식을 하기 한 달 정도 전에 일본으로 가서 자취방을 구한다. 특히, 무사시노 미대의 경우 기숙사가 따로 없어서 자취방은 필수였다. 보통 부모님과 함께 혹은 혼자 호텔 같은 곳에 투숙하며 발품을 팔아서 집을 구한다.

그런데 2011년은 특별할 수밖에 없었다. 지진과 방사능에 두려움을 느낀 한국인 재학생들이 반대로 일 년 정도 휴학을 택하는 경우가 많았다. 하지만 휴학을 한다고 해도, 일본 집에 있는 짐을 바로 뺄 수도 없는 처지였다. 그래서 그해 유독 유학생 커뮤니티에 '일 년 동안 대신 살아주실 신입생을 찾습니다' 같은 글이 많이 올라왔다. 갑자기 휴학을 결정한 재학생 입장에서는 누가 일 년만 살아준다면, 짐을 옮기는 수고나 이사비 같은 부대비용이 줄어드는 셈이었다. 나 같은 신입생 입장에서는 일본의 낯선 환경에서 집을 구하러 다니는 노고를 덜고 한국에서 손쉽게 집을 구할 수 있으니 서로에게 윈윈이 되는 조건이었다. 내 입장에서는 일 년 일찍 방사능 피폭을 경험하는 대신, 일본에 한 달이나 먼저 가서 자취방을 구하는, 막상 하려면 꽤 난감하고 귀찮기도 한 발품을 팔 필요가 없어진 셈이었다. 자취방을 한국에서 구했기 때문에 나는 입학식을 하기 나흘 전에야 느긋하게 일본으로 건

너갔다.

입학식 나흘 전에 도착한 것은 약간의 여유를 가지고 싶은 마음도 있었지만, 부동산 계약을 마무리할 필요도 있었기 때문이다. 나처럼 일본에 들어오기 전에 이미 살 집을 정했거나, 아니면 미리 와서 발품을 팔아 집을 구했다고 해도 계약이 바로 되는 게 아니었다. 계약을 하려면 거주지 혹은 신분을 증명할 만한 것이 필요한데, 나 같은 외국인은 그런 게 없기 마련이었다. 유학생들 대부분은 서류상으로나 법적으로 일본에 연고가 없으니, 부동산 쪽에서는 믿고 거래할 신용이 없다고 볼 수 있었다. 그래서 계약이 바로는 불가능했다.

외국인으로서 이 신용을 대체할 수 있는 방법은 두 가지가 있었다. 하나는 일본인 혹은 일본에 거주하고 있는 한국인을 신용보증인으로 내세우는 것이고, 또 하나는 보증회사에 돈을 내고 보증을 받는 것이었다. 나는 일본에 살고 있는 사촌 누나와 매형이 보증인이 되어주었다. 사실 이런 경우, 지인이 보증을 서주는 것이 더 도움이 된다. 보증회사를 통하는 비용이 보통 월세의 반 이상이나 되기 때문이다.

집 계약까지 깔끔하게 해결하고, 마침내 입학식을 치렀다. 입학식은 예상보다 초라했다. 부모님을 데리고 입학식에 갔지만, 어떤 축제같이 미리 준비된 것은 없었다. 바로 각 학과 내 교실에서 수업 프레젠테이션을 진행했다. 어머니와 아버지는 교실 입구에서 잠깐 둘러보다가, 학부모가 아무도 없다는 걸 알고는 교실에서 빠져나와 학교 구경을 했다.

프레젠테이션 때는 사실 무슨 이야기를 하는 건지 하나도 못 알아들었다. 낯선 환경에서 익숙하지 않은 언어를 듣는 것은, 특히 나에게는 쉬운 일이 아니었다. 학원에서 일본어 프리토킹도 많이 배워놓긴 했지만 말 그대로 일상 회화에 관한 내용이었지, 프레젠테이션같이 사무적이고 딱딱한 내용은 거의 없었다.

종이를 나눠준 후 교수님이 뭐라 말씀하시는데, 교실

한쪽에서부터 한 사람씩 일어서서 말을 하기 시작했다. 내용을 가만히 들어보니 순서대로 일어나 자기소개를 하는 모양이었다. 학창시절에도 자기소개처럼 무언가 주목받는 상황이 오면 패닉 상태에 빠지고는 했었는데, 이때도 머리가 새하얗게 되어버렸다.

차례를 기다리며 머릿속에서 시뮬레이션을 열 번 이상 돌렸다. '나는 채승호입니다. 취미는 독서입니다. 잘 부탁드립니다'로 정했다. 내 차례가 다가와 덜덜 떨며 일어나서, 일본어로 하나하나 천천히 말했다. "곤니치와(안녕하세요). 나마에와 채승호데스(이름은 채승호입니다). 요로시쿠 오네가이시마스(잘 부탁드립니다)." 그러고는 얼른 자리에 앉았다. 가벼운 박수 소리를 들으며, 휴우~ 별거 아닌데 참 힘들었네, 하고 속말을 했다. 취미까지는 말도 못했다.

2학년이 되고서야 알았지만, 보통은 입학식이 따로 성대하게 거행되었다. 그해에는 후쿠시마 사태 때문에 상당히 축소된 것이었다. 보통은 체육관 같은 넓은 강당에서 입학식을 치르고 나오면, 체육관 입구에서부터 동아리 홍보로 일대가 요란하다. 신입생들이 입학식을 끝내고 나올 때 동아리 홍보를 해야 신입 부원들을 자연스럽게 받을 수 있기 때문이었다.

다음 해의 입학식 때는 나도 입학식이 열린 체육관 앞에서 동아리 친구들과 함께 열심히 홍보 활동을 했는데, 속으로는 후배들이 좀 부러웠다. 우리 11년도 신입생들은 방사능과 지진이 반겨줬는데, 너희는 입학식도 제대로 못 즐긴 우리 2학년들이 이렇게 맞아주는구나, 하고.

물론 코로나 시대의 20학번과 21학번들에 비하면 별것 아닐지도 모르겠다. 만약 누군가가 코로나냐 방사능 피폭이냐 고르라고 한다면, 고민은 좀 되겠지만, 그래도 피폭된 11학번이 코로나에 직격당한 20학번이나 21학번보다는 조금 더 나은 출발이 아니었나 싶다. 적어도 이후로는 대학 생활을 다 즐길 수 있었으니까.

✝ ✝ ✝ ✝

청각장애인이 하필
뮤지컬 동아리?

한국에 돌아오고 나서 한동안 방황하던 시기가 있었다. 대학 생활의 마무리가 깔끔하지 않았던 탓도 있겠지만, 누구든 자신이 이제부터 뭘 해야 할지 모르는 순간 방황의 길로 들어선다고 생각한다. 그래서 아르바이트한 돈으로 심리 상담을 받아보기도 했다. 그러면서 나는 왜 일본으로 유학을 갔을까, 하는 생각을 꽤 오랫동안 했던 것 같다. 그 대답을 최근에야 스스로에게서 얻어냈다. 건축 공부 때문은 아니었다.

무사시노 미대의 건축학과를 통해 그 당시 건축 분야에서 앞서 있던 일본의 건축문화와 건물들을 눈으로 직접 보고 배우고 싶었던 것보다는, 실제로 그곳에서 살고 있는 사람들이 더 궁금했던 것 같다. 일본 사람들의 생생한 삶이 대체 어떤 모습인지 두 눈으로 보고 싶었다. 그들의 숨소리, 걸음걸이, 목소리의 악센트, 눈빛, 공기의 내음, 음식들…. 한 나라에 사는 개인을 구성하는 다양한 일상적 요소, 즉 그들의 삶 자체가 궁금했다.

한국에서 재미 삼아 보았던 일본 드라마와 만화책 같은 것에도 그들의 삶이 담겨 있었다. 어떤 면에서는 '매체를 통해서 본 일본 사람들의 삶을 동경했다'라고 할 수도 있겠지만, 그보다는 한국에서는 이런 것들이 일상인데 그곳에서는 어떨까, 하는 막연한 궁금증이 더 컸다. 특히, 한국에서는 학창시절에 하기 힘들었던 동아리 활동이나 축제 같은 것이 많이 궁금했다. 일본에는 범지역적으로 즐길 수 있는 다양하고 큰 축제들이 많이 있다. 대표적인 것이 하나마쓰리(벚꽃축제)이다. 3월에서 4월이 되면 각 지역마다 벚꽃으로 유명한 장소에서 하나마쓰리가 열리고, 그 축제를 즐기는 사람들로 북적인다.

한국에서는 이런 지역 축제나 학교 예술제처럼 그 지

역의 사람 모두가 즐길 수 있는 문화 행사가 상대적으로 드물었던 탓에 그런 분위기가 좀 부러웠다. 물론 한국에서도 지역 축제를 찾아다닐 수야 있긴 하지만, '굳이 거기까지 가야 하나' 하는 느낌이 강하다면, 일본인들은 다들 당연한 듯이 시간을 내고 축제를 즐긴다.

이렇게 일본의 동아리나 축제 문화를 경험하고 싶어 1학년 때부터 이 동아리, 저 동아리 많이 들었다. 테니스나 농구 같은 운동 동아리도 동시에 몇 군데 다녀보았지만, 다양한 동아리들을 기웃거리는 것보다는 한 곳을 정해 집중하는 게 낫겠다 싶었다. 그래서 최종적으로 결정한 동아리가 뮤지컬 동아리였다.

이 뮤지컬 동아리의 이름은 EPA(에파)이다. 왜 에파인가 하면, 동아리가 만들어졌을 당시에는 공예공업디자인과의 학생들을 주축으로 한 댄스 동아리였기 때문이다. 에파를 일본어로 쓰면 エパ로, 앞의 エ는 工芸工業デザイン(공예공업디자인)의 첫 한자인 工과, パフォマンス(퍼포먼스)의 パ를 합쳐 만든 것이다. 그러면 공파라고 불러야 할 텐데 왜 에파인가 하면, 앞의 공(エ)은 일본어 표기법 중 하나인 가타카나의 '工'(에)와 생김새가 비슷하여, '공파'보다 부르기 쉽고 세련된 느낌의 '에파'가 된 것이었다. 자연스럽게 영어로 EPA로 쓰고 불리기까지 했다.

아무튼 1학년 1학기 초반은 다양한 동아리들의 구애 활동을 만날 수 있는 시기다. "저희는 이런 것을 하는 동아리인데 괜찮으시면 포스터를 가져가세요" 하고 종이를 나눠주기도 하고, 내가 입학 면접 때 언급했던 대로 벽면 곳곳에 다양한 동아리 포스터들이 덕지덕지 붙어 있기도 했다. 야구나 축구, 테니스 같은 운동 동아리는 물론, 다도회나 레슬링, 애니메이션 동아리 등등 종류도 다양했다. 그중에서 유독 내 시선을 끌었던 것이 '에파 뮤지컬 동아리'였다.

에파 뮤지컬 동아리는 사실 '동아리'라고 할 수 없을 정도의 규모를 자랑했다. '단체'에 가까운 몸집이랄까. 매년 백 명 정도의 인원을 뽑았던 기억이 난다. 학년 구성원은 3, 4학년 없이 1학년과 2학년 총 두 학년으로 이루어졌고, 2학년은 리더 역할을 하며 1학년을 이끌어주었다.

　백 명이 전부 다 춤을 추고 노래를 부르는 건 아니었다. 무대 위에 서는 사람들은 그중 일부에 불과했다. 그리고 대사와 노래도 없었다. 동아리의 시작 자체가 공예공업디자인학과의 퍼포먼스 모임이었기에, 아무런 대사 없이 전달하고자 하는 내용을 오로지 몸의 움직임만으로 전달하는 특색을 유지하고 있었다. 그러기 위해서는 춤추기에 적절한 무대, 분위기를 고조시키는 음향, 무대 위 연기자들의 적절한 표정과 몸짓 등 다양한 요소에 대한 섬세한 표현이 필요했다.

　회사 조직을 보면 다양한 부서와 각자의 분담이 있는 것처럼 에파도 다양한 부서로 나뉘어 있다. 먼저 연출부(영화로 치면 감독 같은)가 스토리와 세계관 같은 큰 틀을 그려준다. 객석에서 대면하게 되는 연기자들이 퍼포먼스부를 이루고 있고, 그 배우를 꾸며주는 메이크업부와 패션부가 있다. 그리고 무대나 배경음악, 조명 등 보이지 않는 곳에서 배우들을 뒷받침해주는 부서들이 필요한데,

무대미술부와 조명부, 음향부가 그런 것들이다. 벽면 포스터, 인터넷 게시와 같이 대외적인 홍보로 에파를 알리는 광고부도 빼놓을 수 없다.

학교생활을 하다 보면, 잔디밭이나 체육관 같은 곳에서 퍼포먼스부원들이 춤을 추는 모습을 종종 볼 수 있었다. 지나가다가 반가워서 손을 흔들면 같이 손을 흔들어 주었다. 메이크업부와 패션부는 배우들을 꾸며준다는 점에서 역할이 겹치기 때문에 자주 붙어 다녔다.

그 외의 것들을 담당하는 부서 중에서 제일 큰 배경을 담당하는 무대부는 항상 모여서 무대제작을 하느라 바빴다. 나는 이 무대부 소속이었다. 뮤지컬 하면 떠오르는 관객석과 무대를 우리 부원들이 전부 만들었다. 살면서 해야 할 톱질과 드릴질을 이때 다 해본 것 같다. 조명부는 주로 음향부와 같이 타이밍을 맞춰서 스포트라이트를 비춰야 하기 때문에 자주 만났고, 광고부는 주로 포스터 편집능력이 있는 학과 출신 친구들이 담당했다. 조명부와 음향부, 광고부는 전부 연출부의 의도를 담는 것이 중요하기에 서로 긴밀하게 협력했다.

나는 건축학과이다 보니 자연스럽게 무대제작 쪽으로 빠지게 되었다. 물론 같은 건축학과의 일본인 여자애는 퍼포먼스 쪽으로 가긴 했지만, 나는 공간을 기획하고 나무를 톱질하는 게 좋아서 무대제작을 선택했다. 동아리 활동을 하는 동안, 수많은 나무를 톱질하고, 목자재들을 옮기고, 무대 암막에 쓰이는 천을 재봉했다. 나무를 자주 만지다 보니, 손에 나무 파편이 거의 매일 박혔다. 학교 내 보건소 선생님이 내 얼굴을 외울 정도였다. 방문할 때마다 "안녕, 승호 군, 오늘은 또 어디가 아파서 왔니?"라고 걱정 어린 인사를 건네곤 했다. 내 덕분에 손에 박힌 나뭇조각을 뽑는 기술 하나만큼은 장인이 되지 않았을까 싶다.

이렇게 내가 일본에서 활동한 동아리에 대해 설명하면, 의외로 세분화되어 있는 시스템에 놀라는 사람들이 많았다. 한국의 동아리들 대부분이 남는 시간에 하는 대외활동이라는 인식이 강하기 때문이다. 동아리 활동을 해도 자기가 좋아하는 활동보다 취업과 관련된 동아리를 통해 커리어를 쌓는 쪽을 더 선호하는 듯하다.

하지만 동아리에 진심인 것이 정말 시간 낭비일까? 무대미술부의 동기 중에는 무대배경과 관련해 방송사에 취업한 사람도 있고, 퍼포먼스부의 한 명은 독일 베를린에서 댄서로서의 삶을 살고 있다. 내가 2학년 때 퍼포먼스 신입생이었던 키가 큰 1학년 여자애는, 현재 아이들에게 춤을 가르치는 일을 하고 있다.

물론 해보지 않은 것들은 귀찮은 동시에 두렵기도 하다. 그러나 경험이 다양하지 못하면, 자기 경험이 진부인 줄 알고 그대로 살아가게 된다. 먹었던 것만 먹으면 내가 민트초코를 싫어하는지, 셀러리나 고수를 좋아하는지 알 수 없는 법이다.

우리가 대부분 어림짐작하며 두려워하는 것들은 과자의 질소 포장처럼 과대 포장되어 있는 게 아닐까. 뭐가 나올지 모른다는, 미지의 것에 대한 두려움은 최악의 상황에 대한 상상력을 더욱 부풀린다. 하지만 포장지를 뜯어 내용물을 보면, 실체는 그렇게 커다랗고 위협적이지 않은 경우가 많다. 나의 동아리 경험처럼 예상보다 꽤 괜찮은 선물이 담겨 있을 수도 있다.

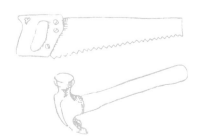

한국인 귀에는 빵야빵야,
일본인 귀에는 빵집빵집

동아리에서는 주 2~3회 정도 모여서 무대제작 회의, 그리고 공연에 쓰일 좌석과 바닥 제작 준비 같은 일을 하고는 했다. 학교가 쉬거나 수업이 거의 없는 토요일 같은 날은 더 자주 모였다. 토요일의 무사시노는 대부분 수업이 없지만 학교 문은 열려 있었다. 어학연수 시절에 방문했을 때는 교문이 닫힌 줄 알고 돌아갔는데, 알고 보니 사람이 지나갈 정도의 공간은 열려 있었던 것이다. 혹 무사시노 미술대학을 구경하고 싶다면, 토요일도 방문하기에 괜찮은 선택이다.

2011년은 〈겨울연가〉의 대히트 이후 소녀시대나 빅뱅 같은 아이돌이 뜨는, 두 번째 한류 열풍이 한창이었던 시기였다. 소녀시대를 일본식 발음인 '소조지다이'라고 부르거나 빅뱅을 '비쿠방'이라고 발음하는 것을 학교에서 심심찮게 들었다. 비쿠방은 지금 생각해도 좀 재밌는 발음이다.

무대부 2학년 선배들은 빅뱅의 히트곡인 〈거짓말〉의 노래 가사를 말도 안 되는 일본어식 발음으로 흉내 내며 부르곤 했다. 선배들이 나를 보면 비비적대는 몸짓으로 다가와서 "아소 소리 다코진마~ 이거 알아? 따라 불러 봐"라며 호응을 유도한 적이 여러 번 있었다. 나는 솔직히 아이돌 음악에 별 관심이 없어서 "아, 저 한국인이긴 한데 잘 몰라요"라고 대답했는데, "에~ 승짱 이걸 몰라?" 이렇게 되묻고는, 그대로 일본식 한국어로 노래를 부르면서 가버리곤 했다.

1학년 때의 나는 보청기 적응이 미처 끝나지 않아서 한국어조차 미완성이었으니, 일본어는 오죽했을까. 막 어휘력이 늘어가기 시작하던 차였다고는 해도 일본인 동기나 선배들과의 대화는 정말 불안정했다. 그래서 일본인 선배들과 동기들은 나에게 일본어로 열심히 말하다가도, 못 알아듣는 표정으로 내용 되묻기를 서너 차례 당하면 그냥 소통을 포기해버리곤 했다.

그 와중에도 내가 유난히 잘 듣고 반응을 잘하는 단어들이 따로 있었는데, 대부분은 원초적인 것들이었다. 한국뿐 아니라 어느 나라든 간에, 이십 대 초반 남자들의 대화는 대체로 성적이고 원초적이다. 맞다. 지금 머리에 떠오를 법한 바로 그런 단어들이다. 남자 선배들과 모여서 대화를 나눌 때, 희한하게도 성적인 주제가 나오면 그런 부분은 기가 막히게 캐치해냈다. 키스는 어떻게 하느니, 사람의 젖꼭지는 이렇게 생겼다느니, 이런 대화를 들으면, 나는 만화 주인공 짱구처럼 헤벌쭉 웃으면서 열심히 듣고는 했다.

옆에서 지켜보던 여자 선배들이 "승짱, 왜 그런 이야기에는 쉽게 반응하니? 이상하잖아? 반응해주면 남자애들이 더 하니까 하지 마!" 하고 말해줬다. 근데 그게 말이야 쉽지, 나도 한창 성에 대한 호기심이 많은 스무 살(일본 나이로는 열아홉 살)이었다. 남자 선배들의 야한 이야기에 반응을 하고 싶지 않아도, 옆에서 듣다 보면 귀가 쫑긋하거나 다 알아듣고는 저도 모르게 입꼬리가 올라가곤 했다. 그런 나를 보고 남자 선배들은 "오토코네(남자네)"라고 웃으며 일부러 더 그런 이야기를 늘어놓았다.

보통 동아리에 외국인이 있으면, '이 단어들은 그 나라 말로 뭐야?' 하고 물어보는 일이 자주 생긴다. 선배들이 내게 제일 많이 물어본 것은 인사말이나 사랑 이야기였다. "'오하요(안녕하세요)'는 한국어로 뭐야?" "'나는 무라오입니다'는 한국어로 뭐야?" "'아이시테루(사랑해)'는?"

그러면서 남자 선배들은 동아리에 유일했던 후배 남자 외국인인 나에게 민망한 단어들을 자주 묻곤 했다. "어이 승짱, 한국어로 '가슴'이 뭐야?" 하고 물어봐서, "가슴은 한국어로 '가슴'이라고 말해요"라고 하니, "가, 갓슨? 그럼 '맛있어'는 한국어로 뭐야?"라고 물어서 "'맛있어요'라고 해요"라고 알려준 적이 있다.

며칠이 지나 한국어를 알려준 사실을 거의 잊고 있었

는데, 유학생들 사이에서 퍼지고 있다는 어떤 일본인 선배에 대한 소문이 귀에 들어왔다. 한 일본인 선배가 한국어로 "갓슨, 마시소요!" 이러고 돌아다닌다고. 그걸 알려준 장본인이 차마 나라고는 밝힐 수 없었다. 이후에도 이렇게 속내가 뻔히 보이는 짓궂은 질문을 해와서 몇 번 알려주긴 했는데, 그럴 때마다 매번 그 일본인 선배가 내게 들은 한국어를 떠들고 다닌다는 이야기를 듣고, 더이상 알려주면 안 되겠구나 생각했다. 그래서 남자 선배들이 곤란한 걸 물어볼 때마다 "아앗, 보청기가!" "에? 네?" 같은 대답을 하며 못 들은 척을 했더니 "뭐야, 승짱 재미없어" 하면서 더는 궁금해하지 않게 되었다.

이럴 땐 청각에 장애가 있다는 사실이 편하기는 하다. 물론 대부분은 실제로 놓치는 경우가 많았지만, 약간 당황스러운 상황이나 대답하기 곤란할 때 못 들은 척하면 '그래, 청각장애인이니까 못 들을 수도 있지' 하고 넘어가주는 부분이 제법 있는 것이다. 아, 그렇다고 다른 청각장애인을 대하면서 '아, 청각장애인들은 당황하거나 곤란하면 못 들은 척하는구나' 하고 일반화하는 것은 금물이다.

어디까지나 내가 살짝 약았을 뿐, 이라고 정리해두자.

　실제로 나는 조금 늦은 후천적 장애라 평상시 발음도 일반인과 비교했을 때 심각한 차이가 나지는 않고, 스스로도 장애에 대해 긍정적으로 바라보려는 입장을 계속 고수해온 만큼, 어느 정도의 장난에는 여유가 있다.

　나를 포함해 청각장애인들은 못 듣는다는 것에 대해서 거대한 결핍으로 받아들인다든가, 텅 비어버린 구멍을 하염없이 바라보는 것처럼 여겨지곤 할 때가 있다. 어쩔 수 없이 짊어진 그 공동(空洞)을 드러내며 앞으로 나아갈지, 끌어안고 숨긴 채 웅크리고 있을지는 결국 장애인 본인의 선택이다.

　여담으로, 내가 일본어의 성적인 단어 같은 것에 쉽게 반응했던 점에 대해서 약간의 변명을 해보자면, 언어학적으로 사람이 새로운 언어를 배울 때 통상 원초적 감정을 건드리는 단어는 좀 더 잘 읽히거나 잘 들린다고 한다. 성적인 부위에 대한 이야기나 연애 이야기 같은 부분은,

다른 일상적인 내용보다 본능적이고 감성적이기 때문에 더 흡수하기 쉽다는 것이다. 뭐, 이런 변명을 들이댄다고 해서 내가 성인군자라는 뜻은 아니고.

하루는 동아리 구성원들이 모여 열심히 무대제작을 하고 있을 때였다. 이런저런 담소를 나누다, 내가 별생각 없이 "한국에서는 총을 쏠 때 '빵야빵야'라고 말해요. 빵야!"라고 했는데, 선배와 동기들이 전부 박장대소를 했다. '아니, 이게 뭐라고 그렇게 웃는 거지?' 하고 궁금해서 물어봤다.

"빵야빵야 하는 게 뭐가 웃겨요?" 물으니, 일본에서는 빵집을 '빵야'라고 한다. 일본인 입장에서는, 한국인이 '빵야빵야!'라는 효과음을 낼 때마다 '빵집빵집!'으로 들리는 셈이다. 나라도 어느 외국인이 나에게 '빵집빵집!' 외치면서 손가락 총을 쏘면 웃길 것 같았다.

이후로 한동안 '빵야빵야'는 우리 동아리 무대부의 유행어가 되었다. 지나가다 선배를 보면 빵야! 선배도 빵야! 걷다가 동아리 동기를 보면 빵야! 하고 놀았다. 벽 뒤에 숨어 있다가, 갑자기 나오며 빵야! 하기도 했다. 누가 보면 빵집에 환장하는 동아리인 줄 알았을 것이다.

이렇게 동아리 활동에 몰두하느라 정작 해야 하는 건축학과 공부를 좀 소홀히 했던 것 같다. 그 와중에 한국인 유학생 모임에는 꼬박꼬박 참여했다. 한 가지에 완벽하진 않지만, 운동과 취미같이 다양한 것에 열중하는 삶의 태도는 지금도 비슷하다.

그때 어느 형이 지나가는 말로 "승호는 유학생 중에 제일 바쁜 거 같아"라고 했다. 바쁘다는 게 좋은 의미였는지 아니었는지는 모르겠지만, 대부분 나를 좋게 봐준 것을 보면 나쁜 의미는 아니었을 거라고 생각한다. 지금 현재 카페를 운영하는 주인장으로서 열심히 하는 아르바이트생은 어쩐지 더 대견해 보이고 더 챙겨주고 싶은 것처럼, 그때 유학생 형과 누나들도 대학 생활에 열심인 나를 그렇게 보지 않았을까 싶다.

~~~~

지하철을 탈 때마다 들리는
삐약삐약 병아리 소리

내가 청각장애인 유학생이었으니, 일본의 장애인 복지
에 대해 이야기하지 않을 수 없겠다. 대학교에 입학한 후
제일 먼저 한 일 중 하나는 장애인증을 발급받는 것이었
다. 한국보다 복지 혜택이 많다는 것도 일본 유학을 결정
한 요인 중 하나였기 때문에, 외국인이 일본에서 장애인
증을 발급받는 절차를 알아보기 시작했다.

가장 먼저 학교의 유학생지원센터를 찾아가 장애인증
발급 절차에 대한 정보를 얻었다. 거주지의 시청에 들러
서 신청 절차를 밟으라는 것이었다. 내가 살던 시는 고다
이라 시로, 고다이라 시청의 장애인증 발급 관련 부서에
가서 "장애인증을 발급받으려면 어떻게 해야 하나요?"

하고 물어보았다.

"조토 마테 구다사이(잠깐 기다려주세요)"라는 대답을 듣고 앉아서 십여 분을 기다렸다. 곧 공무원이 돌아와서 알려주길, "특정 지정 병원에서 청력 검사를 받고, 결과를 가지고 구청에 가서 제출하면 장애인증이 나옵니다"라는 것이었다. 나는 시청에서 나오자마자 지정해준 이비인후과 병원에 들러 진료 예약을 잡았다.

며칠 뒤 지정 병원으로 진료를 받으러 갔다. 의사 선생님이 참고하면 좋을 것 같은 서류들도 같이 챙겨갔다. "한국에서 달팽이관에 구멍을 뚫고 전기 자극 장치를 삽입하는 수술을 받고 왔는데요, 인공 와우 수술이라고 아세요?" 하면서, 인공 와우 수술 결과가 적혀 있는 서류들도 같이 주었다.

다른 청각장애인도 나와 같을지는 모르겠지만, 나의 경우는 이런 청각장애 판정 검사를 받다 보면 뭔가 좀 안 들리는 듯한, 귀에 문제가 있는 사람인 것처럼 행동해야 할 것 같은 느낌이 든다. 괜스레 들리는 내용도 못 알아듣는 척해야만 할 것 같다고나 할까. 어차피 이미 장애인인데, 중증으로 판정을 받으면 더 좋지 않을까 싶어서였다. 물론 그렇게 덜 들리는 척을 해도, 의사는 나의 태도가 아니라 검사 결과지에 적힌 객관적인 수치를 보고 판정을 내리기 때문에 사실 별 의미가 없는 행동이긴 했다.

나의 경우는 한국에서는 이미 중증 판정에 해당하는 3급(현재는 등급표가 사라지고 경증과 중증 크게 두 종류로 나뉘지만, 설명의 편의를 위해 급수를 적는다) 장애인이었지만, 내 느낌상으로는 조금 애매하게 3급과 4급 사이에 걸쳐 있는 것 같다. 어떻게 보면 경증과 중증 그 사이 어딘가라고 볼 수 있겠다. 일본도 한국과 마찬가지로 경증과 중증으로 크게 나뉘어 있었는데, 일본에서 4급을 받고 경증으로 사는 것보다는 3급을 받아 중증 장애 판정을 받는 편이 여러 가지 지원 면에서 더 나을 것 같았다.

일본에서의 청각장애 판정 진단 과정은 한국과 똑같았다. 우선 착용하고 있는 모든 보청기를 벗고, 귀 부분에 주변 소음을 차단하는 헤드셋을 낀다. 그리고 귀 한쪽씩 테스트하기 위해 한쪽은 귀 위에 착용하고, 다른 쪽은 귀 바깥쪽 고막이 없는 아무 곳에 걸쳐놓는다. 그 상태로 주파수와 데시벨 측정을 한다.

주파수(Hz)와 데시벨(dB)을 간단히 설명하면, 주파수는 일 초 동안 진동하는 수이고, 그 진동의 폭이 크고 작은 것이 데시벨이다. 피아노 건반으로 예를 들면, 도레미파솔을 아무리 강하게 쳐도 도는 도고, 솔은 솔이다. 이음의 높이의 차이를 주파수라고 한다. 데시벨은 같은 도를 약하게 치면 낮은 데시벨, 세게 치면 높은 데시벨이다.

테스트는 차 소리같이 낮고 두꺼운 주파수로 시작한다. 그리고 데시벨을 점점 키워나간다. 글로 표현하자면, 두껍고 낮은 소리의 '우웅~'부터 시작해서 '우웅! 우웅! 우웅!!' 하고 점점 소리를 키워가는 식이다. 어떻게 보면 낮은 배기음의 차 소리가 멀리서부터 점점 가까워지는 것과 비슷하다.

소리를 가만히 듣고 있다가, 귀에 아주 작게라도 소리가 들리면 손에 쥐고 있는 버튼을 누르면 된다. 이렇게 버튼을 누르는 과정을 차 배기음과 같은 두껍고 낮은 주파수의 소리에서부터 칠판에 손톱을 긁는 듯한, 머리가 찡하게 느껴질 정도로 높은 주파수의 소리까지 반복한다.

나는 수술한 왼쪽 귀는 달팽이관 안에 전기 자극 장치가 삽입된 상태라 아무것도 못 들으니 왼쪽은 청력 손실치가 최대였고, 오른쪽은 대화하는 소리나 휘파람같이 높은 주파수는 전혀 못 듣고, 낮은 주파수의 차 소리 같은 것만 어렴풋하게 들렸으니 중증이라고 보아도 무방했다.

이렇게 검사를 받고 약 일주일 뒤에 병원에 들러 검사 결과지를 받았다. 다행히도(?) 청각장애 3급, 중증 장애로 나왔다. 이 결과지를 구청에 제출하고, 며칠 뒤 장애인증을 받았다. 받았을 때는 조금 신이 났다. 어느 유학생이 이런 장애인증을 받아보겠는가? 장애인증도 그냥 주는 게 아니라, 약간 비싸 보이는 가죽 케이스 같은 것에 담아서 주었다.

이후 학교에 돌아가서 아는 사람을 만나면 "나만 가지

고 있는 카드 볼래?" 하며 궁금증을 자아낸 다음, 마치 드라마에서 마약상이 마약을 몰래 보여주듯 슬며시 장애인증을 보여주었다. 그러면 신기해하는 사람들도 있었고, 어이없어하는 표정을 짓는 사람들(나의 장애에 스스럼이 없을 정도로 친해진 경우)도 꽤 있었다.

이렇게 발급받은 장애인증으로 혜택을 많이 보았다. 큰 틀에서 보자면, 한국에서 받았던 복지 할인과 비슷했다. 그중에서도 '이 부분은 장애인증을 발급받기를 잘했다' 싶은 생각이 드는 혜택이 두 가지가 있었는데, 교통비 할인과 장애인 지원금이었다. 장애인 지원금의 경우, 국적과는 무관하게 세 달인가 네 달에 한 번씩 통장으로 6만 엔, 당시 환율로는 70~80만 원 정도를 지원해줬다. 꽤 도움이 되었다. 개인적으로 교통비 혜택은 정말 좋았다.

자취 생활을 처음 해보면 예상보다 높은 생활비에 놀라는 경우가 많다. 그동안 전기, 수도, 가스, 집세 등 다양한 생활비를 스스로 내본 적이 없었는데, 자취를 하면 직접 챙겨야 하니 피부에 즉각적으로 와닿기 때문이다.

생활비라 하면 장을 보는 비용부터 월세, 전기세, 수도세 등 여러 가지가 있겠지만, 일본과 우리나라의 가장 큰 차이는 교통비에서 나타난다. 그 시절 우리나라의 경우, 버스비가 얼추 1,000원가량 들었고, 이후 환승 개념이 포함되어 거리에 따라 100원, 많게는 200원 정도만 추가해서 지불하면 되었다. 하지만 비슷한 거리를 일본에서는 적게는 300~400엔, 장거리의 경우 800엔에서 많으면 1,000엔까지 내기도 했다. 우리나라에서는 1,000원 정도로 끝나는 것이 일본에 오면 3,000원에서 심하면 1만 원까지도 하니, 교통비가 얼마나 비싼지 실감하지 않을 수 없었다.

이런 교통비를 반값만 내고 다녔으니, 얼마나 돈을 아꼈는지 모른다. 물론 그렇다고 해서 내가 많이 돌아다녔다는 뜻은 아니다. 요즘도 카페, 헬스장, 집 말고 가는 곳이 별로 없긴 하지만, 그때는 유독 더 집에 있길 좋아했으니까. 이른바 집돌이 기질이 강했던 셈이다.

교통 할인을 받는 법도 양국이 약간 달랐다. 우리나라

의 경우 장애인 전용 체크카드를 나라에서 발급해주면, 그 카드로 교통 할인을 받으며 다니면 된다. 이 복지카드로 지하철을 무료로 타고 다닐 수 있다. 대신 버스는 지하철과는 다르게 사기업이라 할인이 되지 않았다. 한데 일본은, 요즘은 체크카드가 대중적으로 쓰이고 있다지만 내가 대학에 다닐 때만 하더라도 개찰구 근처의 지하철 표 판매기에서 종이로 발권받는 것이 일반적이었다. 동전 지갑은 필수품이었다. 카드를 쓰는 사람은 졸업 직전, 4학년이 되어가면서 조금씩 늘어나는 듯했으나, 그래도 구매 방식의 주류는 동전 지갑에서 몇백 엔을 꺼내 표를 사는 것이 일반적이었다.

난 서류상 중증 장애인으로 취급받은 덕에 동행자도 함께 반값 할인을 받았다. 동행자가 왜 할인을 받는가 하면 간병인 혹은 보호자 역할로 인정해주는 까닭이었다. 그 덕에 내 동행자는 항상 교통비를 아꼈다. 일본 여행을 왔던 친구들이나 가족들은 돈 굳는다고 신기해하기도 하고 좋아하기도 했다.

일본의 지하철에 대해 잠깐 얘기해보자면, 내릴 때 비용을 지불하는 후불 방식인 버스와 달리 선불 방식이다. 개찰구에 들어서기 전에 미리 종이 표를 사야 했다. 푯값도 도착역의 거리에 따라 각각 달라서, 도착역까지의 비용이 적혀 있는 지도를 보고 그 값으로 사야 했다.

각 역마다 다르지만, 지하철 표를 사는 자동판매기 위에는 큼지막한 지도가 항상 있다고 보면 된다. 그 지도를 보면, 자기가 도착하고자 하는 역의 비용이 역 위치와 함께 적혀 있다. 거기에 성인용 가격과 반값인 어린이 표 가격이 같이 나와 있다. 나는 어린이 표 가격으로 살 수 있었다. 구매 직전에 복지 할인 버튼을 누르면, 자동판매기에 있는 작은 구멍의 문이 열리고 역무원이 빼꼼 내다보았다. 이 틈새 비슷한 구멍으로 역무원에게 내 장애인 수첩을 보여주면, 곧 장애인 표를 살 수 있었다.

개인적으로 이 아날로그 방식의 번거로운 장애인 할인 과정보다 더 힘들었던 게 있다. 바로 일본의 지하철 개찰구에서만 나는 특별한 소리였다. 우리나라에서는 장애인 복지 신용카드로 지하철을 탈 경우, 개찰구에 가져다 대면 삑 소리가 나지 않고, 삐삑 하고 소리가 두 번 난다. 일본의 경우는 조금 다르다. 일본에서 장애인 표를 사용하면 어린이 표를 사용할 때와 똑같이 '삐약삐약' 병아리 소리가 났다. 삐약삐약이라니, 지금도 떠올리면 얼굴이 조금 빨개진다. 어른이 탈 때는 한국이랑 비슷하게 '삑' 하는 소리가 났지만, 장애인 표를 인식했을 때 나는 소리만큼은 한국과 일본의 차이가 좀 컸다. 삐약삐약.

지하철을 탈 때마다 매번 '삐약삐약' 하는 소리를 내면서 개찰구를 지나가면, 그 순간마다 약간의 치욕감과 말로 설명할 수 없는 어떤 부끄러운 느낌이 함께 들었다. 탈 때도 삐약삐약, 내릴 때도 삐약삐약, 할인받은 동행자도 삐약삐약. 이 정도면 지하철 병아리 파티다. 지금 생각해도 조금 부끄러워진다.

이제 와서 생각해보면, 병아리 소리로 어린이 표를 구별하는 것은 좋은 아이디어 같다. 표를 구매할 때는 어린이 표를 사는지, 성인 표를 사는지 구분할 수 없기 때문에 다 큰 어른도 얼굴에 철판만 깔면 어린이 표를 살 수 있다. 대신 개찰구를 지나갈 때 '삐약삐약' 소리를 들어야만 한다. 내가 일본인이라면 어린이 표를 사고 병아리 소리를 내며 매번 체면을 깎이느니 그냥 성인 표로 탈 것 같다.

보통 다 큰 성인 두 명이 개찰구를 지나가는데 삐약삐약 소리가 들리면, 얼추 사정을 아는 일반인들은 '아, 이 사람들은 장애인 할인을 받았구나' 하고 그러려니 한다. 일본 생활 일이 년 차에는 개찰구를 지나갈 때마다 삐약삐약 소리가 나는 게 부끄럽기도 해서, 지나가는 사람들 눈치를 보고는 했다. 그런데 다들 전혀 개의치 않는 듯이 지나가는 모습을 보고 아, 이 사람들은 내가 복지 할인을 받는 걸 대충은 알고 있구나 하고 느꼈다.

그래서인지 우리나라에서보다 휠체어를 탄 장애인이 더 자주 보였다. 물론 일본이 인구가 많고, 전체 인구 대비 장애인 비율도 한국보다 1%가량 높지만 말이다. 이동 장애인에 대한 몇 가지 섬세한 디자인과 배려가 사회 전반에 걸쳐 깔려 있으니, 그만큼 이동하기 힘든 사람들도 잘 돌아다닐 수 있는 게 아닐까.

우리나라는 내가 유학을 갔다 온 이후 십 년 이상이 지난 지금도 교통 약자의 복지에 대해서는 그렇게 관대하지 않다. 이동장애인들에게 있어 우리나라에서 대중교통을 이용하는 복지의 수준은 십 년 전 내가 일본에 살던 시절보다 여전히 낙후되어 있다. 한국인은 그때도 지금도 너무 바쁘다. 빠르고 바쁘게 산다는 것은, 올바른 방향으로 나아간다는 것과 동의어가 아닐 것이다. 빠름과 바쁨의 굴레에서 벗어나야 다름이 들어올 수 있다고 생각한다.

너무 빠르고 바쁘게 살면, 그 행동이 고착된 나머지 다른 형태를 수용하지 못하게 된다. 그런데 우리는 다 지금과 다르고 결손된 형태로 미래를 맞는다. 우리는 언제까지나 잘 걸을 수 없고, 젊을 수 없으며, 잘 보거나 들을 수 없다. 한국의 미래에, 우리의 삶에 다름이 들어올 여유라는 여백이 더 생겼으면 좋겠다.

진동의
건축

진동의 건축은 흔들리는 건축, 즉 촉각의 건축이라고 할 수 있겠다. 조금 생소한 개념이지만, 귀나 눈과 상관없이 모두에게 촉각은 공평한 감각이라고 생각하기 때문에 진동의 건축이라고 이름 붙였다.

무사시노 건축학과 재학 당시, 학교에서 건축 프로젝트를 진행하면 한 학기에 두 번 작품을 제출해야 했다. 일 년에 두 학기가 있으니 총 네 번의 과제를 하게 되는 것이다. 처음에는 학교 측에서 테마를 정해주면 그에 맞춰 작품을 만들고, 이후 어느 정도 감이 잡히게 되는 학기 중반에 이르면, 직접 주제를 정하는 방식으로 과제가 나온다.

이렇게 학기마다 한 번씩, 일 년에 두 번 정도 자유롭게 주제를 선택해 작품 활동을 하게 되는데, 자유 주제 과제 때마다 나는 자연스럽게 내 귀와 관련된 작품들을 제출했다. 귀가 불편하니 아무래도 그와 관계가 있는 주제를 고르는 게 자연스럽지 않겠는가?

'진동의 건축'이라는 주제로는 2학년 때 한 번, 그리고 4학년 때 졸업 작품으로 한 번 더 했다. 2학년 때 시도한 '진동의 건축'은 정확히는 '진동이란 무엇인가'라는 개념에 대한 것이었다. 최초의 착안점은 내 핸드폰의 무음 진동 알람이었다. 대학을 다니기 시작하며 첫 독립생활을 하다 보니, 제일 힘든 것이 기상 시간을 맞추는 일이었다. 알다시피 나는 귀가 좀 안 들리니 알람 소리를 설정해보았자 티끌만큼도 소용이 없었다.

한국에 있을 때는 보통 어머니가 알람 소리를 듣고 와 툭툭 건드려서 깨워주고는 했다. 하지만 일본에서 혼자 살 때는 누군가 깨워주는 사람이 없으니, 아침 수업에 늦을까 봐 약간의 긴장감을 품은 채 얕은 잠을 자고는 했다.

긴장한 상태로 잠을 자면 숙면을 취할 수 없다. 자다가 중간에 눈을 떠서 핸드폰을 보면 두 시간이 지나 있고, 다시 잠깐 자다가 확인하면 또 두어 시간이 가 있고, 이런 과정을 겪었다. 그리고 기상하기 한두 시간 전에는 더 얕게, 더 긴장 상태로 잠을 잤다. 그렇게 학기 중에는 하루 종일 피로감이 가시지 않았다.

그래서 찾아낸 방법이 몸 옆에 휴대폰을 착 붙여놓고 자는 것이었다. 사실 그렇게 큰 효과는 없었다. 자면서 뒤척이느라 휴대폰을 쳐서, 바로 옆에 없을 때도 많았다. 그렇게 휴대폰을 믿고 자다가 지각도 몇 번 해봤다. 그래도 그나마 효과를 본 방법은 누워서 배 위에 휴대폰을 진동 모드로 켜놓고 자는 것이었다. 몸의 제일 중심부에 두면, 뒤척여도 쉽사리 멀어지지 않을 것 같아서였다. 그러면 일어날 때 휴대폰이 그렇게 멀리 있지 않았다. 팔꿈치든 무릎이든 혹은 이불 너머로든 어떻게든 느껴졌다.

이렇게 생활하다 문득 떠오른 생각이, 휴대폰의 '진동' 이라는 매개를 통해 어젯밤의 나와 오늘 아침의 내가 이어지고 있구나, 하는 것이었다. 그리고 진동을 느끼는 '촉각'은 시각적·청각적 혹은 육체적 불편함과는 무관하게 모두가 똑같이 느낄 수 있다는 생각이 들었다. 물론 촉각에 관한 장애도 없는 것은 아니지만, 생명에 위협을 받는 시각과 청각에 비하면 그다지 비중 있게 다뤄지지 않는 듯하다. 그렇게 '흔들리는 건축'이라는 테마를 정하게 되었다.

2학년 때는 우선 소재를 선별했다. 우리 주변에 흔한 소재들을 하나씩 찾았다. 소재별로 전해지는 촉각의 느낌, 뉘앙스가 다 달랐다. 나무가 부드러운 느낌이라면, 철은 선명하고 거칠고 차갑고, 고무는 진동이 거의 존재하지 않는 무진동의 상태에 가까웠다. 진동이 없는 것도 진동이 0의 형태로 존재하는 거라고 생각했다. 재료 선별 과정에서 제일 좋다고 느낀 것은 나무였다.

소재도 친화적이고, 사람들에게 익숙하고, 주는 느낌도 부드러워 나무로 정했다. 이후 나무로 다양한 형태를 실험했다. 어떤 형태로 나무를 배치하느냐, 평범하게 정

렬하느냐, 아니면 약간 휘어놓은 상태나 꼬아놓은 상태
로 배치하느냐에 따라 나에게 주는 느낌이 달랐다. 약간
꼬아놓아 탄성을 조금 소유하고 있는 형태는 평평하게 놓
여 있는 형태보다 진동 전달력이 좋았다. 그래서 '약간 꼬
아놓은 나무'를 기본 형태로 정했다.

　사고를 전개해 다양하게 꼬아놓은 나무들을 모아놓고,
'건축에서는 창문이 남향이냐 북향이냐에 따라 뉘앙스가
달라지듯, 진동도 단순한 진동이 아니라 소재의 차이 혹
은 같은 소재여도 형태를 어떻게 두느냐에 따라 여러 가
지 뉘앙스를 가질 수 있지 않을까?'라는 질문을 제기하며
과제를 끝맺었다.

　발표를 들은 교수님은 "이야기가 마무리되었다기보다
는 오히려 미궁으로 들어가는, 듣고 나서 고개가 갸웃거
려지는 주제 같다. 마무리가 조금 아쉬웠다"라고 평가했
지만, 이렇게 새로운 시도를 한 발상이 맘에 들었는지 평
가 점수는 좋게 주었다.

이후 4학년 때 한 번 더 이 주제를 다뤘다. 졸업 작품으로 마무리를 짓기에 괜찮겠다는 생각이 들어서였다. 4학년 때의 작품에서는 이 발상에서 한발 더 나아가 소재의 진동에 따라 공간의 성격을 분리했다. 소재를 나무에 국한하지 않고, 나무, 철, 고무, 천 등 다양하게 고려했다. 그중에서 나무와 철, 고무 세 가지로 간추려서 작품을 만들었다.

이렇게 글로 적으면 사실 꽤 근사한 작품이 나왔을 것 같지만, 4학년 때는 개인적으로 안 좋은 일이 있어서 졸업 작품에 제대로 집중하지 못했다. 작품은 거의 초안에 머물러 있는 상태로 결과물이 나왔다. 최종 평가 때, 담당 교수님은 물론 주변 교수님들도 썩 좋은 표정이 아니었다. 개인적으로 유학 생활에 있어서 제일 큰 오점이 아닌가 싶다.

작품을 만든 지 오래되다 보니 남아 있는 자료가 없어서 조금 아쉽지만, 발상과 사고의 전개 자체는 나름 신선했다고 생각한다. 졸업 작품을 제작할 당시, 일본의 복지센터에서는 청각장애인에게 어떤 서비스를 제공할까 하는 궁금증도 컸기 때문에 복지센터 일고여덟 곳을 방문해 보았는데, 그때의 아쉬움도 포함되어 있다.

장애인 복지센터는 대부분 모든 장애인에 대해 집약적으로 돌봐주고자 하는, 장애 복지의 총집합 같은 느낌으로 설계된 경우가 많다. 그렇다 보니 효율적이면서 동시에 고리타분했다. 특정 동선에서는 어쩔 수 없이 청각장애인과 시각장애인 혹은 휠체어 장애인이 겹치는 경우가 허다했다. 게다가 복지센터 내부의 복지는 시각적인 지원에 그치는 경우가 많았다. 청각장애인으로서는 더 아쉬움이 느껴졌다.

평범한 일반인들은 생각하는 것보다 훨씬 풍부한 세계에 살고 있음을 감사해야 한다. 그런 풍부함을 향한 갈증은 나도 늘 가지고 있다. 청각으로 감각하는 것은 힘들어도 시각과 촉각으로, 더 풍부한 감각과 경험으로 채워 넣고 싶은 욕구가 내 마지막 작품에 투영되었던 것은 아닐까 싶다.

∞ ∞ ∞ ∞

양옆에서 헤드뱅잉×2,
끄적끄적×2

건축학과 시절 이야기를 하면, 빼놓을 수 없는 사람이 있다. 지금은 건축가가 되어 남편과 함께 건축사무소를 운영하고 있는 대학원 누나다. 누나와 친해지게 된 계기는 조금 특별하다. 한국이든 일본이든 대학생 장애인은 대학교에 수업 지원을 신청할 수 있다. 지원 신청을 하면 보통 일반인 도우미를 붙여주는 경우가 많다. 그 수업 지원 도우미로 일본인 대신 한국인 대학원 누나를 만나면서 친분을 쌓았다.

장애인의 경우 학교 측에 장애인 도우미를 신청하면, 학교 교무센터에서는 '○○장애인 도우미 모집' 같은 공고를 붙인다. 나의 경우는 청각장애인이니, '청각장애인 도우미 모집' 같은 식으로 공고를 붙였을 것이다. 일본 대학교의 경우는 자발적 무급 도우미가 아니었다. 일반 대학생들이 아르바이트 형식으로 장애인을 도와주고 시급을 받는 형식이었다. 당시 일본 평균 시급보다는 약간 낮았지만, 학교 밖으로 안 나가고 잠깐 시간을 내 돈을 벌 수 있는 점이 매력적이었던 모양인지 도우미 두 명 정도는 거의 매번 찾을 수 있었다.

청각장애인은 주로 교수님이 말하는 내용을 못 듣는 것이 문제의 핵심이므로, 수업 내용을 시각적으로 볼 수 있는 지원을 받는 경우가 대부분이다. 대표적인 것이 노트북을 들고 옆에서 적어주는 속기가 있다. 수화 통역은 내가 수화를 못 하기도 해서 따로 신청한 적이 없고, 한 번 정도 다른 청각장애인이 신청한 것을 본 적은 있다.

한국에서는 청각장애인 옆에서 도우미가 노트북을 들고 수업 내용을 대신 타자로 쳐주는, 디지털 기기를 사용한 속기가 많다고 들었다. 하지만 일본은 약간 달랐다. 지하철의 엘리베이터나 학교 내 경사로의 설계 등 전반적인 복지는 많이 진보해 있지만, 약간 아쉬운 점이 있다면 바로 이런 부분이다. 사회 전반적으로 전산화가 되어 있지 않고, 종이를 사용하는 아날로그적인 경향이 짙었다. 이것은 장애인 수업 지원과 관련해서도 마찬가지였다.

일본에도 수업 내용을 대신 적어주는 도우미가 있지만, 한 명이 아니고 두 명이 배당되었다. 어차피 수업 내용을 대신 적어주는 것이라면 한 명이 노트북을 이용해 기록해주면 될 텐데, 왜 두 명이나 될까? 그건 수업 내용을 종이에 펜으로 일일이 받아 적어야 했기 때문이다.

우선 수업이 시작되기 전 교직원실에 가면 오늘의 도우미 두 명이 기다리고 있었다. 대부분 보던 분들이라 반갑게 인사를 나눴다. 그러면 장애인 도우미 관련 담당자가 종이 여러 장과 펜을 나눠주었다. 그러면서 "수업의 기밀성을 지키고 수업 내용이 퍼지는 것을 막기 위해, 수업이 끝나면 적은 종이와 펜을 반납해야 한다"라는 말을 덧붙였다.

이제 와서 생각해보면, 다른 건청인들과의 형평성 문제가 걸려 있어서 그러지 않았나 싶다. 다른 학생들의 경우 수업을 들으며 필기하지 않으면 결국 잊어버릴 테고, 나도 옆에서 수업 내용을 대신 써주는 사람의 글을 내가 따로 옮겨 적지 않으면 잊어버리게 될 테니, 형평성 면에서도 맞는 방식인 것이다.

사실 마음만 먹으면 누구라도 녹음기로 강의를 저장한다든지 해서 외부로 유출할 방법이야 수도 없이 많겠지만, 종이는 당장 눈앞에 적은 게 보이다 보니 수업 내용의 기밀성을 신경 쓰는 몇몇 교수님들 눈에는 좀 꺼려질 수 있겠다는 생각도 약간 들었다.

이후 수업에 들어가면, 한 사람당 두 페이지씩 번갈아 가면서 썼다. 쓰기 전에 페이지 표시를 위해 좌상단 혹은 우상단에 숫자 1, 2를 쓰고, 강의로 페이지를 채우며 손수 썼다. 한 도우미가 1, 2페이지를 채우면, 이후 다른 편에 앉아 있는 도우미가 3, 4페이지를 이어서 쓰는 식이다. 그렇게 3, 4페이지를 다른 도우미가 채우면, 1, 2페이지를 썼던 도우미가 이어서 5, 6페이지를 쓴다.

　도우미들과 관련해서는 아무래도 몇 가지 재미있는 에피소드가 생길 수밖에 없다. 상상해보라. 평범한 일본인 두 명이 양옆에 앉아서, 한 시간 반 동안 외국인 장애인에게 강의 내용을 손으로 써서 전달한다니, 그 상황만으로도 재밌지 않은가.

　같은 두 페이지여도 사람의 성격과 필체에 따라 달랐는데, 가지런하고 또박또박 쓰는 도우미의 경우는 외국인인 내가 보아도 잘 읽힐 정도로 가독성이 좋았지만, 대신 그만큼 느렸다. 교수님의 말투가 차분하고 느긋하면 그나마 다행인데, 교수님들은 뭐가 그리 급한지 다들 말투가 빠른 편이었다. 하고 싶은 말이 많아야 교수가 되는 건가 싶을 정도로. 이런 교수님의 강의는 내용을 수기로는 못 따라가기 때문에 핵심 부분 위주로 써서 보여주곤 했다.

　필체가 일본 현지인조차 못 알아볼 정도로 휘갈기면서

빠르게 쓰는 사람은 모든 내용을 다 적겠다는 일념 아래 교수님의 "크흠" 하는 추임새까지 적었다. 다행히 이런 사람들은 많지 않았다. 빠르게 적는다고 해도 큰 문제는 없었다. 내가 옆에서 한자나 히라가나를 못 알아봐서 "이건 어떤 한자인가요?" 하고 소곤소곤 물어보면 다시 써 주고는 했다.

또 지원을 받는 수업 시간대에 따라서도 도움의 방식이 약간씩 달랐다. 대체로 오전은 다들 자는 모양인지 지원자도 적었고, 그만큼 도움을 받으며 수업을 듣기도 어려웠다. 무사시노 미대의 경우 각 수업시간이 한 시간 반으로 고정이었다. 요즘은 코로나로 비대면 수업, 인터넷 수업을 한다고는 하는데, 그래도 시간은 한 시간 반으로 고정되어 있는 것으로 알고 있다.

한국에선 1교시, 2교시라고 하는 '교시(校時)'를 일본에서는 1限, 2限이라고 한다. 발음은 이치겐(1교시), 니겐(2교시)이다. 한국어로는 '한계' 같은 단어에 쓰이는 '한(限)'이다. 오전에는 8시 50분부터 10시 20분까지가 1겐,

10분 휴식 후 10시 30분부터 12시까지가 2겐으로 총 2교시가 있다. 점심시간은 12시부터 오후 1시 20분까지 꽤 긴 편이다. 그렇게 점심을 먹고 이후 3겐, 4겐, 5겐까지 있었다.

점심을 먹은 직후의 3겐이 제일 위험했다. 전 세계 학생들의 집중도를 위협하는 바로 그것, 식곤증이 밀려오기 때문이다. 이때 도우미가 있으면, 항상 재미있는 상황이 연출되고는 했다. 나를 사이에 두고 양옆에서 번갈아 조는 상황이 자주 펼쳐지는 거였다. 물론 나는 당연히, 그 사이에서 당당히 졸았다.

정말이지 3겐 수업이 시작되면, 아무리 성실한 학생이어도 버틸 수가 없다. 여름이면 선선한 에어컨 바람이, 겨울에는 약간 꿉꿉하고 따뜻한 히터 공기가 자장가를 불러주는 것만 같았다. 봄이나 가을은 말할 것도 없고. 거기에 수업이 조용하고 조명까지 어두우면, 수업을 듣는 학생의 70%는 고개가 한쪽으로 꺾여 있었다. 나는 또 옆에서 수업 내용을 써주는 사람이 있다 보니 더 안심이 돼

곧장 꿈나라로 빠져들곤 했다.

수업이 시작되면 십오 분 정도는 나도 그렇고 양 도우미도 멀쩡하게 수업을 듣는다. 그러다 내가 먼저 양 팔꿈치를 지지대 삼아 두개골의 진자 활동을 시작하면, 아직 받아 적지 않고 있는 쪽에서 나를 따라 진자 활동을 슬며시 시작하는 게 느껴진다. 이후 앞으로 약간 기울어진 나를 사이에 두고 등 뒤로 손이 몇 번 왔다 갔다 하는데, 임무를 완수한 도우미가 '나 다 썼어. 이제 네 차례야'라는 느낌으로 툭툭 치는 것이다. 그러면 이제까지 졸고 있던 사람이 움찔하고 일어나서 다시 끄적끄적 이어쓰기 시작한다. 그렇게 할 일이 없어진 도우미는 다시 꾸벅꾸벅 조는 게 책상의 진동을 타고 팔꿈치로 느껴지는 것이다.

그렇다고 내가 무턱대고 졸기만 하는 한량은 아니었다. 졸다가 움찔하고 일어난 후에 도우미들이 적어준 내용을 주르륵 보면서 수업을 따라갔다. 물론 일단 강의 내용을 따라가면 다음 종이를 기다려야 하니, 그러다가 중간에 다시 존 적도 많긴 하지만.

일반적인 교양수업의 경우는 도우미 지원에 제한이 없다 보니 지원자가 꾸준해서 괜찮았지만, 전공수업과 관련해서는 도우미가 한 명만 있을 때도 있고, 없을 때도 많았다. 아무래도 건축학과의 전문용어가 나오다 보니 주로 건축학과 내에서만 도우미 지원을 받았기 때문이다. 그만큼 지원하는 사람도 적었다. 나와 같은 학년은 수업을 같이 들어야 하니 안 되고, 저학년은 아직 모르는 용어가 많아 도우미 지원을 못 하고, 그렇게 나보다 위의 학년이거나 대학원생들이 많이 도우미를 해줬다.

이때 앞서 말한 대학원 누나가 도우미로 자주 왔다. 누나가 옆에서 일본어로 써주다 몇 번 막히면, 한국어로 써주곤 했는데, 그건 서로 좀 많이 편했다. 아무리 외국어가 익숙해져도, 특정 수준을 넘기 전까지는 외국어를 듣고 모국어로 재해석하는 순으로 이해하는 것이 보통이다. 대학원 누나가 옆에서 적어주는 것은 그 과정이 더해진다. 일본어 듣기―한국어로 이해하기―한국어로 중심 내용 생각하기―다시 일본어로 적기, 이렇게 총 네 번의 과정이 이루어지는 것이다. 물론 나도 수업마다 일본어 보기—한국어로 이해하기 이렇게 두 과정이 항상 필요했다. 대신 한국어로 적으면, 둘 다 과정이 하나씩 생략되어 편해진다. 그렇게 한국어로 쓰는 게 편해지다 보니, 종이에 한국말로 강의 내용을 몇 번 채운 적도 있다.

그러다 어느 날부터 대학원 누나가 한국어를 적지 않는 거였다. 이상해서 물어보니, 일본어를 쓰는 게 나의 학습에는 좋겠다고 판단한 것인지 건축학과 조교에게 "강의 내용 전달은 일본어 위주로 써주시길 바랍니다" 하고 가벼운 주의를 받았다고 한다. 이후 대학원 누나는 아직 익숙하지 않은 일본어 필기로 고생해가며 강의 내용을 적어주었다.

이 도우미 지원 부분에서 약간 아쉬운 점이 있었다. 결석의 자유도였다. 아무래도 전공수업 이외에는 대부분 학교 내 도우미 지원을 받았기 때문에 도우미가 먼저 와서 기다릴 때도 있어서 내 마음대로 결석하기가 어려웠다. 대학생이면 대학생답게 날씨 좋은 날 바깥 구경하러

한 번, 날씨 안 좋은 날엔 맥주 한잔 마시러 한 번, 이런 식으로 학기 중에 몇 번 정도는 중간중간 결석을 해주는 것이 상례(?)라고 믿는데, 도우미의 지원을 받는 나로서는 당장 도우미 두 명과 장애인 지원 담당 교직원이 결석한 사실을 알게 되므로 편하게 빠지기가 어려웠다.

보통 결석은 즉흥적으로 이루어져야 제맛이지 않은가? 그 맛을 많이 못 본 게 좀 아쉽다. 여권의 체류비자 관련이나 한국이랑 이어져 있는 은행 관련 업무같이, 필수적으로 시간을 내야 할 때는 "이번 수업은 결석할 예정이라 도우미를 빼주세요"라는 말을 적어도 이틀 전엔 해두고 다녀왔다.

덕분에 나의 의지 여하와 상관없이 교양수업 무단결석률 제로의 성실한 대학 생활을 보냈다. 출석 체크를 하지 않는 교양수업조차 전부 나가야 했을 때는, 다른 유학생이나 재학생들에 비해 조금 손해 보는 것처럼 느껴졌지만, 그 수업에서 높은 학점을 받고는 기분이 무척 좋았다.

한국은 전산화된 시스템의 영향으로 노트북으로 속기하는 것이 대부분이다. 한데 도움을 받는 장애인에게는 디지털화가 되어 있는지의 여부보다 실제 본인이 어떻게 받아들이느냐가 더 중요하지 않나 싶다. 이런 점에 있어서 일본은 깊이 고민한 흔적이 보였고 그만큼 더 배려받는다고 느낄 수 있었다.

．．．．．．

일본 사람들의
입 모양을 읽는 것에 대하여

일본에 갓 도착한 1학년 때는 보청기 적응기였던 탓에 듣는 것이 능숙하지 않았다. 와우 보청기라 달팽이관에 기다란 기계를 인위적으로 삽입한 만큼 적응하는 데도 시간이 필요했다.

청각장애인 대부분은 불명확한 청각적 정보를 채워 넣기 위해 입 모양을 읽는 구화 등의 추가적인 정보수집 능력이 자연스레 계발된다. 와우 보청기 적응기 때는 스무 개의 전기 자극이 달팽이관에 곧장 자극을 줘서, 기존에 착용하던 일반 보청기보다 훨씬 듣기 힘들었다. 반대급부로 자연스레 구화 능력이 최고조로 높아질 수밖에 없었다.

지금은 보청기를 끼는 것이 빼고 다니는 것보다 훨씬 편하지만, 그때는 보청기를 끄고 다니는 것이 편했을 때였다. 그리고 보청기를 켤 때마다 평범하게 들리는 것보다 약간 더 크게 들리도록 볼륨을 설정해놓았다. 혹여나 내가 놓치는 게 있을지도 모른다는 생각에, 평범한 소리도 약간 아프게 들릴 정도로 올려놨다. 그렇다 보니 놓치는 소리가 적어지고 소리를 더 잘 듣는 대신, 다양한 잡음에도 무방비로 노출됐기 때문에 자연스레 스트레스도 많아졌다.

그렇게 수업을 듣거나 동아리 활동을 하고 집에 돌아오면 보청기를 빼고 귀를, 정확히는 달팽이관으로부터 들어오는 전기적 자극으로부터 뇌를 쉬게 해줘야 했다. 컴퓨터나 엔진으로 치면 과열된 상태를 잠시 쓰지 않으면서 쿨 다운시켜주는 것과 같다.

이제는 켜고 다니는 게 편하지만, 대신 한 달에 한두 번 정도는 보청기를 착용한 쪽의 귀가 아프다고 해야 할지, 달팽이관이 아프다고 해야 할지, 아무튼 그런 날이 가끔 있다. 그런 날에는 그냥 버티면서 그러려니 한다. 오늘은 소리를 듣는 게 조금 아프겠구나 생각하면서. 내가 선택한 수술이고 내가 선택한 볼륨의 크기인데 불평불만을 해보았자 의미가 없기 때문이다. 정말 힘들면 잠깐 꺼둔다. 그러면 괜찮아진다.

지금 생각해보면 1학년 때 선배 대신 임시로 살았던 하숙집이 유학 생활 중 제일 좋았던 집이었다. 이 하숙집에는 나이 많고 친절한 주인 부부가 계셨다. 집주인 할머니는 고맙게도 나를 자주 챙겨주셨다. 중간중간 먹을 것도 주시곤 했다. 갓 튀긴 채소튀김을 몇 번 주셨는데 채소 향도 살아 있고 바삭했던 식감도 좋아서 정말 맛있었다.

나는 사람마다 휴식의 기본값이 있다고 믿는다. 컴퓨터를 사용할 때, 과부하가 걸리면 보통 껐다 켠다. 그러면 컴퓨터는 모든 연산을 멈추고, 다시 재빠르게 쓸 수 있는 기본값으로 돌아간다. 그런 기본값이 사람마다 다 다르다고 생각한다. 집에서 휴식하며 기본값을 복원하는 사람이 있는가 하면, 밖에 나가서 돌아다니며 회복하는 사람도 있다. 나는 완벽히 전자다. 그래서 집에 돌아오면 제일 먼저 하는 일은, 내가 제일 편한 상태를 만드는 것이다. 우선 보청기를 뺀다. 이 말은 곧 자연스레 내 주위의 사람들도 안 들리는 상태의 나와 마주친다는 뜻이다. 그런 순간에 집주인 할머니와 몇 번인가 마주쳤다.

서늘한 바람이 불어오던 가을 막바지의 어느 날, 팥 음료를 사기 위해 집 앞 음료수 자판기로 나가는 길이었다. 나는 한국에서 먹기 힘든, 일본에서만 맛볼 수 있는 음료수를 유난히 좋아하고 챙겨 먹었다. 팥 음료라니, 한국에서는 좀처럼 볼 수 없는 제품이다. 꼭 마셔야 했다. 아직 가을이 완전히 끝나지 않았건만, 날씨는 이미 추워지고 있었다. 반팔 티셔츠와 추리닝 바지를 입고 바들바들 떨며 자판기 앞에서 동전을 세고 있었다. 그때 누가 내 곁으로 가까이 다가오는 것이 아닌가? 돌아보니 집주인 할머니가 서 계셨다. 손에 들린 작은 가방과, 그 안에 담겨 있는 파 같은 채소를 보니, 아마 장을 보러 갔다 오신 모양이었다. 나는 보청기를 빼놓은 상태였다. 그런데 할머니가 자연스레 말을 걸어오셨다. 잠깐 당황하다가, "제가 지금 보청기를 빼고 있습니다" 하고 양해를 구했다. 그 런데 사실 사람이라는 게 그런 말을 들으면 "아, 보청기 를 빼고 있어?"라고 습관처럼 말하게 되는 것 같다. 할머 니가 다시 말을 거는 모습을 보고, '한국어로도 가까스로 되는 구화가 일본어로도 될까?' 하며 나는 할머니의 입을 주의 깊게 살폈다. 그런데 생각보다 말하는 내용이 잘 읽 혔다. 한 마디 한 마디가 머릿속에 술술 잘 들어와 내심 놀랐다.

할머니의 첫 문장을 눈으로 읽으며 '아, 내가 예상했던 것보다 일본어로도 구화를 할 만하겠다'라고 생각한 나 는, 할머니에게 "제가 거의 못 듣기는 하지만, '고−와(구 화)'라고 입 모양을 읽는 것이 있는데 어떤 말을 하시는지 조금 알 것 같아요"라고 하니 신기한 표정을 지으시면서 "스고이네(대단하네)"라는 입 모양을 하셨다. 워낙 평범한 일상 대화여서 내용은 거의 기억이 안 나지만, 내 예상보 다 순조롭게 구화를 했던 것만은 선명하다.

이렇게 주위 사람들, 주로 주인집 할머니와 마주치면서 새로 깨달은 사실은, 구화는 일본어도 가능, 아니 오히려 일본어가 더 하기 쉽다는 것이었다. 다른 청각장애인은 어떨지 모르겠지만, 구화를 하면 입 모양을 통해 자음과 모음 몇 개는 유추하기가 쉬운데, 유독 어려운 것이 한국어의 받침이다. 하지만 일본어의 경우 받침이 따로 없다. 있어도 대부분의 경우에는 받침을 안 만든다.

아침에 마주치면서 하는 첫인사인, '오하요 고자이마스'의 경우, 모음만으로 본다면 입 모양이 '오아오 오아이아으' 이렇게 읽힌다. 이걸 읽을 때 시간이 아침이고 첫 만남에 나온 말이면, 자연스레 '오하요 고자이마스'로 유추가 가능하다. 반대로 한국어의 '안녕'의 경우, 모음만을 읽는다면 '아어' 이렇게 입 모양이 읽힌다. 이 '아', '어' 두 음절의 입 모양은, 파생되는 가짓수가 어마어마하다. '어'는 '여'일 수도, '어'일 수도 있기에 구분하기가 더 어렵다. 영어의 'hi'에 한국어 '요'를 가볍게 말하는 '여'를 섞어서 '하이여'라고 말한 것일 수도 있다.

혹은 어떻게든 '아여'로 모음을 맞췄다고 해도, 자음이 아직 남아 있다. '안경'처럼 '녕'이 아니고 '경'이 되는, 혀로 치면 입속의 혀의 위치가 바뀜으로써 전혀 다른 내용이 될 수도 있었다. 혹은 '안'이 아니고 '악'이 된다면 상황은 또 달라진다. 입 모양으로 읽힌 '아어'에서 앞을 '악'으로 유추하면 자연스레 '악어'가 된다. 그러면 "악어? 악어가 왜?" 이렇게 되물어보게 되는 것이다.

물론 이른 아침에 처음 만난 지인이나 친구에게 "악어"란 단어를 건넬 확률은 0%에 가깝다. 그렇지만 나는 누군가는 '악어'를 말할 수도 있다고 생각한다. 단순히 실수일 수도 있고 그냥 라코스테 브랜드 옷을 입은 사람이 보여서 "악어!"라고 말할 수도 있으니까. 물론 "안녕"이라는 당연한 말이 오갈 것이라 예상되기도 하고, 또 평범한 대화에서는 그런 일반화가 유용한 방법이긴 하지만, 나는 매사를 전형적이고 당연한 시선으로 바라보는 것을 나름 경계하는 편이다. 이것만큼은 스무 살 때나 지금이나 다르지 않다. 당연한 것을 당연하다고 느끼면 안 된다고 생각하기 때문이다. 그래서 당연한 것 말고도, 그 외의 다양한 가능성에 대해 늘 열어두는 편이다. 물론 구화를 할 때는, 이런 의외성에 대해서 조금 거리를 둘 필요가 있겠지만.

어떻게 보면 보청기를 빼고 구화를 했다고 해서 스무 살 때의 하숙집 주인 할머니 혹은 특정 상대에게 폐를 끼쳤다고 할 수는 없다. 나는 온종일 기계에 시달린 귀를 쉬게 해주기 위해 보청기를 뺀 것이지, 주위 사람들하고 대화하기 싫어서 뺀 것은 아니기 때문이다. 그래도 보청기를 끼면 한 마디 한 구절로 끝날 이야기를, 되물어보는 과정을 반복하게 한다는 점이 미안하긴 했다. 그러다 이야기가 길어지는 낌새가 느껴지면, "잠깐만 기다려주세요, 보청기를 끼고 올게요!" 하고 양해를 구하고 착용하고 왔다.

방학 때 한국으로 돌아온 나는 엄마와 일본에서 있었던 일들로 수다를 떨다가 맛있는 음식을 챙겨주신 하숙집 주인 할머니 이야기를 했다. 어머니는 "하숙집 할머니가 참 고마운 분이시네"라며 방학이 끝나고 일본으로 돌아갈 때 김치를 조금 더 챙겨가서, 할머니께 드리라고 했다.

방학이 끝나기 며칠 전에 일본 집에 도착해 주인집 할머니께 김치를 가져다드렸다. "저희 집에서 직접 담근 김치예요. 어머니께서 감사하다고 드리래요"라고 말씀드렸다. 그러니 활짝 웃으시며 일본 할머니 특유의 하이톤으로 "아리가토네, 혼마!"라고 하셨다. 한국이었다면 "아이고, 고마워라, 진짜!"라는 어감이겠지.

몇 주 뒤에 할머니께서 다시 찾아오셨다. 집에서 보청기를 빼고 있어도 문을 쿵쿵 두들기는 낮은 주파수의 소리는 들린다. 나가보니 할머니가 서 계셨는데, 내 손에 무언가를 쥐여주셨다. 자세히 보니 정말 예쁘게 포장되어 있는, 약간 비싸 보이는 소면 묶음이었다. "이게 뭐예요?" 하고 물어보니, 김치를 너무 잘 먹었다고 방학 때 한국에 돌아가면 어머니께 전해달라고 하셨다. 당신 자식한테 선물로 받았는데, 집에 소면이 이미 한가득이라 우리가 대신 먹으면 좋겠다고 하시는 거였다. 물론 이 대화를 나눌 때도 보청기를 빼고 있었기 때문에 구화로 하나하나 캐치해가며 이야기했다.

어렴풋하게나마 기억을 떠올려보자면, '이무지'라는 입 모양을 읽고 '기무치(김치)'를 말하는 것을 깨달았고, '오아에지'를 보고 '오카에시(답례)'라고 알아들어 김치를 받은 것에 대한 답례라고 이해할 수 있었다. 그래서 "아, 오카에시데스까? 오카산니?(아, 답례인가요? 어머니에게?)" 라고 되물어보니 "응(응은 한국어와 일본어가 똑같다)" 하시며 고개를 끄덕이셨다. 이후 "아리가토 고자이마스, 가조쿠토 잇쇼니 다베마스!(감사합니다, 가족이랑 함께 먹을게요!)"라고 말씀드렸다. 이렇게 일본어는 받침이 없어서 구화하기에는 한국어보다 편하다.

한 가지 아쉬운 점을 꼽으라면, 하숙집 주인 할머니에게 더 싹싹하게 굴지 못한 것이다. 지금은 소심한 성격을 바꾸기 위해 노력을 해서 어느 정도 살가운 사람이 되었지만, 그때는 성격이 정말 투박했다고 해야 할지, 사회성이 부족해 타인과 대화할 때 적절한 주제를 꺼낼 줄 모르는, 어떻게 보면 다듬어지지 않은 상태였다. 하지만 와우 보청기에 적응해야만 했던 고교 시절에 친구도 적었고 그만큼 대화의 경험이 많지 않았던 것을 생각해보면, 사회성이 미숙한 스무 살이 되었던 것은 아쉽다기보다는 별수 없는 일이 아니었을까 싶기도 하다. 남들보다 잘 못 사는 것같이 보여도 어떤 형태로든 노력하고 있었다. 듣기 힘들다고 회피하고 외면하지 않은 것만으로도 열심히 나아가고 있었던 거라고 생각한다.

　카페 일을 하다 보면 열심히 일하는 아르바이트생의 모습에서 과거의 내가 비쳐 보일 때가 있다. 주문 실수를 하거나 음료 레시피를 헷갈려 하는 등 일이 수월하게 풀리지 않을지는 몰라도, 무언가 열심히 앞으로 나아가려는 모습을 보면 자연스레 어깨를 토닥여주고 싶다. 힘들고 헤맸던 그 시절의 나에게도 늦었지만, 토닥토닥.

방구석 페인,
히키코모리(은둔형 외톨이)가 바로 나

　살면서 내가 부모님에게 저지른 최고의 불효를 하나 꼽는다면, 대학교 4학년 때의 일일 것이다. 이 시절은 떠올리는 것만으로도 꽤 괴롭다. 별로 이야기하고 싶지 않지만, 글을 쓰는 참이니 한번은 제대로 직면해보기로 마음먹었다.

　4학년 때, 처음 여자친구가 생겼다. 어떻게 사귀다가 어찌어찌해서 헤어졌다. 헤어진 이유는 대단한 것은 아니었고, 그냥 친구로 남기로 했다. 그러고 나서 반년 동안 집에 틀어박혀 소위 말하는 히키코모리 짓을 했다. 두문불출할 만큼 여자친구와 헤어진 게 힘들었기 때문은 아니었다. 그보다는 뭐랄까, 주변에서 내 첫사랑을 응원해준 형들, 누나들, 친구들을 볼 면목이 없었다고 할까. 그게 이상하리만치 엄청 부끄러웠다.

대학 시절에 한국인 유학생이든 일본인 친구들이든, 아무튼 주변 사람들에게 그처럼 많은 관심을 받은 것이 처음이었다. 이들의 관심이, 이번 이별로 인해 자칫 비아냥과 같은 공격으로 변하지 않을까 하는 두려움이 컸다. 지금 와서 생각해보면, 내가 누군가를 만나고 헤어지는 데 대해 신경 쓸 사람은 거의 없었을 텐데, 그땐 그걸 몰랐다.

그래서 처음으로 학교 전공수업을 빠졌다. 뭔가 막연히 '걔랑 승호랑 헤어졌대' 같은 소문이 퍼지지 않았을까 하는 생각, 누군가 나를 하루쯤은 안 봐도 되지 않을까, 하루쯤은 집에만 있어도 되지 않을까 하는 생각이 들었던 것이다. 이 '하루쯤 결석'이라는 첫 단추에서부터 모든 게 어긋나기 시작했다. 그렇게 이틀, 사흘, 일주일, 한 달, 그러다 거의 넉 달 동안 학교를 나가지 않았다. 첫 단추가 어긋났을 때 알았다면 쉽게 고쳐 끼울 수도 있었을 텐데, 그러지 않는 바람에 옷을 다 여미고 나서야 깨달은 꼴이 되었다.

그렇게 숙소에 박혀 있으면서 석 달은 아예 집 밖으로 나가지도 않았다. 부모님에게 전화 연락이 오면 전화를 받기가 어려울 정도로 비참한 기분이 들었다. 거짓말로 '엄마 아빠, 저 잘 지내요'라고 해보았자 들킬 것이 뻔했다. 부모님도 외국에 있는 아들에게 무슨 일이 생긴 건 아닌지 노심초사했을 것이다.

히키코모리 상태는 어찌 보면 악순환의 굴레에 빠지는 것과 같다. 가볍게 학교를 하루 정도는 안 나가볼까, 했던 것이 두 번째 출석 날에는 나가는 게 조금 더 무섭게 느껴졌다. 하루를 결석했기 때문이다. 이참에 한 번 더 결석할까? 이렇게 쌓이기 시작하는 것이다. 이게 점점 쌓여 단순히 출석이 무서워지는 정도가 아니라, 갔을 때의 상황을 떠올리는 것만으로도 옥죄이는 느낌이 들기 시작했다. 학교에 가면 지인들이 왜 지금까지 안 나왔냐고 물어볼까 봐 또 겁이 났다. 그 이유가 스스로도 납득할 수 없을 정도로 하찮았기 때문이었다.

그즈음부터는 거리를 편하게 다니기도 힘들었다. 아는 사람과 마주칠까 봐 겁이 나서 밖에 잘 나가지도 못했다. 장을 보러 가는 빈도도 줄어들었다. 그러다 보면 어느새 집에 음식이 바닥났고, 자연스레 피자 같은 배달음식을 시켜 먹게 되었다. 남는 시간은 노트북 앞에서 유튜브를 보거나 만화를 찾아보며 누워 있었다.

처음의 가벼운 비행이 거대한 추락의 시작이 될 수 있다는 걸 그때는 미처 몰랐다. 별것 아닌 일로 혼자 과장해서 염려하고, 또 그런 불안을 직면하기보다 순간적인 회피를 선택하기를 반복한 결과였다. 회피는 더 커다란 회피를 불러왔고, 그렇게 점점 더 상황이 악화되고 말았다.

이 참담했던 방구석 폐인의 경험은 나에게 한 가지 교훈을 안겨주었다. 어떤 행동의 중첩, 즉 반복이 습관을 형성하고, 그것이 다음 순환으로 이어진다는 것. 그 행동이 건실하고 선하고 좋은 거라면 선순환이 되어 나를 더 나은 방향으로 이끌어줄 수도 있다는 것. 반대로 그 행동이 불량하고 악하거나 문제를 외면하고 도망가는 바람직하지 않은 행동이라면, 악순환이 되어 나를 구속하고 어리석게 만든다는 사실이었다.

이런 상황에서 졸업은 어떻게 했느냐면, 좀 부끄러운 이야기지만 어머니의 도움을 받았다. 졸업 작품 제출을 앞두고 약 한 달 넘게 어머니와 함께 지냈다. 정상적이지 않은 상태로 폐인이 되어가고, 그렇게 남들 볼 면목이 없어지니 부모님과의 안부 전화도 숨 막히는 족쇄로만 느껴졌다. 나는 정상이 아닌데 잘 지내고 있다는 거짓말을 해야 할 것 같아서. 애초에 거짓말 자체를 잘 못 하기도 했다. 며칠에 한 번씩 걸려오는 전화를 몇 주나 받지 않고 있자니, 그래도 자식으로서 한 번쯤은 통화를 해야 할 것 같았다. 결심을 한 후 며칠 뒤, 어머니와 전화 통화를 했다.

정말 오랜만에 민망함과 죄송함을 무릅쓰고 전화를 받았다. 대화 내용은 사실 잘 기억이 나지 않는다. 나는 그냥 괜찮다고 잘 지낸다고만 대답했던 것 같다. 그러다 마지막에 어머니가 "승호야, 괜찮니? 도와줄까?"라고 했을 때, 한참을 망설이다 기어들어가는 목소리로 "응, 도와줘"라고 부탁했다.

며칠 뒤 어머니가 일본 자취방으로 느닷없이 찾아왔다. 깜짝 놀라서 어떻게 왔냐고 했더니, 전화도 안 받고 오랜만에 통화를 하는데 하는 말이나 느낌이 싸하고 이상해서 일단 왔다는 거였다. 일본어도 안 되는데 어떻게 했냐고 묻자, 내가 일본에 오는 법을 매뉴얼화해서 적어준 적이 있는데 그대로 해서 왔다고 했다. 매뉴얼에 적혀 있는 내용은 자세하지 않았다. 당시 살던 집 근처에서 제일 큰 역인 다치카와 역까지 바로 가는 다치카와 직행 공항버스를 타라고만 적혀 있을 뿐이었다. 역에 도착하면, 항상 내가 마중을 나가 있었기 때문이다.

어머니는 연락도 없이 다치카와 역부터 내 숙소까지, 내가 적어줬던 집 주소만 들고 찾아온 것이었다. 역에 도착해 택시 기사에게 주소를 보여줘 찾아왔다고 했다. 그렇게 날 도우러(살리러) 와준 어머니와 함께 졸업 작품을 만들기 시작했다.

요즘 뉴스에서 많이 나오는 청년 고독사, 독거노인 고독사 기사를 보면 '그래, 나도 저 경계선에 있었지' 하는 생각이 든다. 도움을 요청하는 것조차 두려워지는, 타인에게 도움을 요청할 수 있는 최소한의 마지노선조차 못 넘는 상태가 되어버리면 예상보다 상당히 위험하다. 그 원인의 경중은 그리 중요하지 않다.

우울하고 무기력한 것은 부끄러운 것이 아니다. 나와 같은 특정 감각 결손자가 주변에 자신의 감각 상태를 알리고 도움을 요청하는 것이 잘못일까? 혹은 휠체어를 타는 것과 같이 특정 신체 결손자가 주변 사람들한테 문을 열어달라고 하는 것이 잘못일까? 마찬가지로 정상적으로 사고하거나 판단할 수 없는 상태라면, 도움을 요청하는 것은 부끄러운 일이 아니다. 그래도 만약에 정말로 도움을 요청할 수 없는 상태가 되었다면, 최소한 변화하려는 몸부림을 깃털만큼이라도 시작해야만 한다. 어제보다 현관에서 한 걸음 더 나아간다, 이조차 힘들면 양말이라도 신어본다, 이것도 힘들면 상상만으로라도 양말을 신어본다 정도로도 충분하다. 무언가에 도달하는 것이 힘들면, 사이에 완충제를 두고 그게 부족하면 완충제를 더 두면 된다. 사소한 한 걸음이 쌓이다 보면, 어느 순간 조금씩 나아가고 있는 자기 자신을 느끼게 될 테니까.

어머니와
함께 걷다

무사시노 미술대학 건축학과의 마지막 졸업 작품은 대미를 장식하는 것이니만큼 2학기 전체가 소요된다. 건물 디자인 콘셉트와 같은 큰 그림부터 시작해서 그 건물을 지을 부지, 건물의 용도 그리고 그 건물에 관한 내용을 상세하게 적은 논문을 중간에 제출하고, 마지막으로 잘 만들어진 모형과 건물에 대한 설명이 상세히 적혀 있는 패널 작품을 제출해야 하는 것이다.

이전까지는 과제의 내용이 어느 정도 정해져 있고, 중간에 교수님으로부터 검사를 받는 만큼 순조롭게 진행되었지만, 졸업 작품은 온전히 혼자 해야 하기 때문에 부담감이 더 컸다. 한국에서는 졸업 작품을 대부분 모형보다는 3D 모델링, 컴퓨터그래픽을 중점으로 해서 제출하는 경향이 있다. 그에 비해 일본은 출력물보다 눈으로 볼 수 있는 실물, 손수 만든 모형의 디테일을 더 중요시한다. 게다가 내가 짓고자 하는 건물뿐 아니라, 그 부지 주변 건물들도 전부 모형으로 만드는 경우가 많다. 한국에서는 3D 그래픽 모델링을 하느라 컴퓨터 앞에 붙어 있는 시간이 많은 반면, 일본은 모형 제작을 위해 재료를 구하러 돌아다니거나 만드는 시간이 많이 드는 셈이다.

짧다면 짧고 길다면 길다고 할 수 있겠지만, 한 달간 이미니와 함께 졸업 작품을 만들면서 작품뿐만 아니라 삶 자체에 큰 도움을 받았다. 뒤늦게 그 시절을 회상하다 알았는데, 어머니는 매일같이 장을 봤다고 했다. 갓 도착했을 당시의 내 상태가 너무 안 좋아 보여 매일 신선하고 좋은 음식을 만들어주리라 다짐했다고.

좋은 음식의 중요성은 두말하면 잔소리다. 인스턴트 음식 혹은 배달음식과 같이 자극적인 패스트푸트를 자주 먹으면, 사람도 똑같이 충동적으로 변한다. 술을 자주 먹으면 간식에도 쉽게 손이 간다. 건강한 음식은 건강하게 사고할 수 있도록 해준다. 가벼운 충동에 쉽게 흔들리지 않게 된다.

어머니는 졸업 작품 가운데 모형에 들어갈 나무 만들기처럼 단순 반복적인, 비교적 간단하고 쉬운 작업 위주로 거들어주었다. 실제로 어머니와 함께 지내면서 가장 큰 도움이 되었던 것은 매일 아침 학교 근처 산책길을 함께 걷는 일이었다.

무사시노 대학 근처에는 북한에서 운영하는 조선대학교 옆으로 유명한 산책길이 하나 있다. '다마가와 죠스이 도오리'라고 하는데, 한국어로는 '다마가와 상수도 산책로' 같은 느낌이 되겠다. 이곳은 《인간실격》의 작가 다자이 오사무가 애인 야마자키 도미에와 동반 자살을 한 곳으로 유명하다. 어머니는 매일 아침 이 산책로로 나를 끌고 와 삼십 분씩 걸었는데, 나올 땐 귀찮았지만 걸으면 걸을수록 정신이 맑아지는 느낌을 받았다. 운동이 심신에 효과가 있다는 것을 그때 몸소 깨달았다.

이 산책로는 그렇게 폭이 넓진 않고, 중간에 깊게 파여 있는 하천을 따라 양쪽으로 키가 아주 큰 나무들이 늘어서 있었다. 나무 사이를 거닐다 보면 점차 환상 속의 세계를 걷는 듯한 느낌에 사로잡히곤 했다. 끊임없이 이어지는 커다란 나무들 사이를 천천히 걷다 위를 올려다보면, 하늘을 뒤덮은 수많은 나뭇가지와 잎들이 보였다. 나뭇가지에서 나온 잎들이 하늘에서 내려오는 빛을 가리며 살랑거리는 것이 마치 나무가 해에게 '빛 좀 주세요'라며 손을 뻗는 듯했다. 그 손바닥 아래 서 있는 느낌이 참 몽환적이었다.

산책로를 걷기 시작해 제일 먼저 지나는 건물이 조선대학교다. 북한 조총련에서 운영하는 학교인데, 바로 옆에 붙어 있는 기숙사가 다소 노후되어 보여, 안에 살고 있는 북한 학생들이 잘 지내려나 하는 걱정이 들긴 했다. 한국에서 느꼈던 것보다 그다지 무서운 이미지는 아니었다. 일본에 살면서 쉽게 보기 힘든, 한글이 적혀 있는 건물이었다. 옥상 위에 일렬로 적혀 있는 글자 내용이 퍽 인상 깊었다. [위] [대] [한] [수] [령] [김] [일] [성] [대] [원] [수] [님] [만] [세] [!] 지나가면서 볼 때마다 머릿속으로 '오오오' 하는 탄성을 내질렀다. 신기하기도 하고, 약간 무섭기도 하고, 그래도 한글을 보니까 반갑기도 했다.

산책로를 따라 조금 더 위로 걷다 보면, 족욕을 할 수 있는 곳이 나왔다. 시에서 운영하는 족욕장인지는 모르겠지만, 무료로 열려 있었다. 주로 나이 많은 어르신들이 즐기는 공간이었다. 내 나이대는 거의 안 보였고, 어머니보다 대략 열 살 이상 많아 보이는 분들이 와서 발을 담그고 느긋한 표정으로 쉬곤 했다.

복잡하지 않고 한산하기만 했던 작고 조용한 족욕장은 갈 때마다 매번 힐링이 되는 곳이었다. 추운 겨울날 족욕장에 발을 담그고 이마에 땀이 송골송골 맺히는 와중에 어머니랑 수다를 떨던 순간은 아직도 가끔씩 이야기하게 되는 잊지 못할 추억이다.

그렇게 차근차근 나의 작품도, 나의 상태도 조금씩 나아졌다. 작품의 최종 결과물은 물론 처참한 상태였지만, 최소한 졸업은 가능할 정도가 되어서 제출했다. 〈다양한 촉각적 소재를 사용한 복지센터〉가 작품의 주제였다. 물론 나의 상태도 최소한 일상의 영위가 가능할 정도로 돌아왔다. 이후 졸업식 전까지 일본 생활을 정리하고 가족들과 함께 졸업 축하 겸 일본 생활을 마무리하는 기념으로 여행을 한 후, 한국으로 돌아왔다.

이렇게 마무리된 일본 생활을 온전히 돌이켜보는 것은 시간이 제법 흘러 얼마간 괜찮아지고 나서야 가능해졌다. 마무리가 깔끔하지 않은 상태로 한국에 돌아온 셈이기 때문에, 귀국한 후 몇 년간은 일본 생활을 다시 떠올리는 게 고통스러웠다. 히키코모리 시절의 기억이 일본 생활의 즐거웠던 추억을 전부 덮어버린 기분이랄까. 꿈속에서도 일본인 친구들을 보면 도망가기 바빴다.

하지만 먼지투성이로 손조차 대기 싫은 기억의 암막을 젖혀보면, 생각보다 좋은 것들이 많았다. 일본 친구들과

부대끼며 놀았던 술자리, 나의 기타 반주에 맞춰 노래를 불러주던 일본인 선배들, 내가 엉망진창으로 지어준 밥을 웃으면서 먹어준, 지금은 하늘나라에 있는 미소가 환했던 일본인 친구…. 마지막 은둔 생활 하나로 마냥 묻어두기에는 아쉬운 것들이 많다.

삶을 제대로 돌아보는 것은 인생을 소중히 여기는 마음과 이어져 있다. 삶의 가치는 고학력에 돈을 많이 벌고 괜찮은 차를 모는 것과는 다르다. 내가 있는 장소, 내 주변의 사람, 내가 하는 일에 달려 있다. 현재에 충실하다 보면, 일본에서의 히키코모리 시절처럼 되돌아봤자 의미가 없는 후회는 자연스레 걸러진다.

사람은 보고 싶은 대로 보고, 듣고 싶은 대로 듣지만, 동시에 보던 대로 보고, 듣던 대로 듣는다. 생각도 하던 대로 한다. 좋은 추억도 그대로 묻혀 있다. 이 관성을 넘어서려면, 내가 싫어하는 먼지투성이 암막을 억지로라도 젖히고 들여다볼 필요가 있다. 그 뒤에 좋은 무언가가 있을 수 있다는 점도 중요하겠지만, 그보다 당장은 하기 싫어도 해야만 하는 일을 시작해보는 행위 또한 삶에 충실하기 위한 한 방법이기 때문이다. 지금 쓰는 이 글도 앞으로 내 삶을 풍성하게 추억하며 살려는 마음의 결산쯤이라 보아도 좋겠다.

○○○○

볕이 잘 드는 좋은 장소와
공간의 중요성

건축학도로서 변명 아닌 변명을 덧붙이자면, 내가 사는 집의 상태가 무진장 안 좋았던 것도 방구석 폐인이 되는 데 일조했을 것이다. 1학년 때 살던 집다운 집은 대학 선배의 집에서 임시로 살았던 것이기 때문에 이후 선배가 돌아오자 옮겨야 했다.

2학년이 되어 살 집을 구할 때, 크게 잡아 두 가지 선택지가 있었다. 좋은 집에 살면서 식비를 조금 줄일 것인가, 아니면 안 좋은 집에 살면서 밥을 든든하게 먹을 것인가. 나는 이십 대 초반만 해도 밥 먹는 것을 좋아하는 먹보였다. 좀 안 좋은 집에 사는 대신, 아낀 집세를 식비에 더 쓰기로 결정했다. 그렇다고 돈을 절약하는 습관이 어디 가지는 않아서, 아낀 집세로 먹는 것에 딱히 돈을 더 쓰지도 않았다. 근처의 식재료 도매상 같은 곳을 검색해 찾아가서, 고기나 채소, 쌀을 싸게 대량으로 사가지고 자주 해먹었다. 이 가게는 냉동고기 100g당 몇백 엔이고, 저 가게는 몇십 엔이 더 싼지 같은 것을 기억해두고 골라서 이용했다. 쌀이나 물, 샴푸까지 전부 그랬다.

그렇게 정한 숙소가, 동갑인 영상과 친구가 군대를 가게 되면서 비우게 된 학교 근처의 집이었다. 집세만큼은 정말 싼 곳이었다. 아파트 이름은 '○○○ 아틀리에'였다. 대략 2만 엔으로, 그때의 환율로 계산하면 25만 원 정도일 것이다. 이건 2010년의 엔고였던 기준으로도 정말 싸고, 요즘 기준으로도 정말 싼 편이다.

대신, 문제가 여러모로 많은 집이었다. 우선 제일 큰 창이 북향이었다. 계절이나 날씨에 상관없이 항상 우중충했다. 문이 남쪽으로 나 있었는데, 문에 달린 조그만 창의 구멍에서만 실낱같은 빛이 들어왔다. 마치 태양이 그 구멍으로 레이저를 쏘는 것 같았다. 시간의 흐름과 함께 태양 레이저가 방 내부를 좌우로 그으며 움직였다.

그리고 외풍이 너무 잘 들어오는, 만지면 흙이 떨어지는 흙벽이었다. 겨울 아침에 눈을 뜨면, 매번 입으로 뿌연 김을 뿜으면서 일어났다. 그리고 벽이 너무 얇았다. 보청기를 끄고 방 안을 돌아다녀도 옆방에서 걷는 사람의 진동이 벽이나 바닥을 타고 느껴질 정도였다. 이렇게 쓰고 보니, 이 낡고 해진 목조 건물 자체가 '진동의 건축'이라는 내 졸업 작품에 영감을 준 게 아닐까 싶기도 하다.

사실 사람이 몇 년이나 거주지로 살 만한 곳은 아니었다. 아파트 이름에서 짐작할 수 있듯, 미대 근처의 아틀리에, 작업실 공간으로 쓰기에 안성맞춤인 곳이었다. 이곳에 살면서 뼈저리게 느낀 것 중 하나가 값이 싼 데는 다 이유가 있다는 점이었다.

삶의 질에 제일 큰 영향을 끼치는 것은 잠자고 생활하는 곳, 사는 장소이다. 집은 내가 시간을 제일 많이 보내는 공간이다. 건물의 내벽이나 외장재, 창문의 방향 같은 것이 전부 비주거적인 곳에서 사는 대가를, 여름에는 습하고 눅눅한 벽을 통해, 겨울에는 방 안에서도 나오는 입김을 통해 톡톡히 치렀다.

나는 내가 두 다리로 서서 숨 쉬는 곳의 쓸모, 좋은 장소의 가치를 정작 건축학과를 졸업하고 나서야 이해했다. 요즘은 길을 지나가다 높은 벽이 둘러쳐져 있는 공사 현장이 보이면 가까이 다가가 자세히 살펴본다. 그러면 어떤 건물인지, 어떤 의도로 지은 것인지, 소재는 어떤 걸 썼는지 대충 알 것 같은 것이다. 이런 것을 이해하게 된 지금, 다시 건축을 한다면 더 재밌게 할 수 있을 텐데 하는 아쉬운 마음도 든다.

이 아쉬움을 해소하기 위해 일주일에 한 번씩 대학원 누나 부부의 건축사무소에서 일을 도와주고 있다. 무언가를 배우기에 적절한 순간과 그에 걸맞은 나의 상태는 꼭 들어맞지 않을 때도 있다. 반면, 지금의 나는 내 인생에서 카페를 운영하기에 제일 적합한 육체와 성격을 갖춘 상태가 아닐까 싶다. 맞지 않을 때가 있는가 하면, 딱

맞아떨어질 때도 있는 법이다.

문득 헬렌 켈러의 명언이 떠오른다. "행복의 문이 하나
닫히면 다른 문이 열린다. 그러나 우리는 종종 닫힌 문을
멍하니 바라보다가 열린 문을 보지 못하게 된다." 이제는
닫힌 문 바라보기를 그만하고 열려 있는 다른 문을 넘어
가야겠다.

3

인생 자립기

♪ ♩ ♬ ♪

예민한 아이와 강한 어투의
조언이 만나면

　유학 생활의 마지막을 성공적으로(?) 망치고 온 이후, 한국에서 대체 무엇을 하고 지내야 하나 고민을 많이 했다. 다른 일본인 동기들이나 유학생들은 일본의 건축사무소에 취업하거나, 대학원에 진학하며 공부를 하는 등 무언가를 하고 있는데, 나만 혼자 방황하고 있는 것 같아 정말 마음이 쓰라렸다.

　이 시기에 아버지와 많이 부딪쳤다. 아버지는 당시 유명 광고회사의 부사장이었는데, 조언을 할라치면 꼭 회사의 유능한 부하 직원과 나를 비교하는 것이었다. 힘들 때, 잘나가는 동년배와 비교당하는 것만큼 상처가 되는 것도 없다.

그때 아버지한테 들었던 제일 충격적인 말은 "대학교 쉽게 갔다 쉽게 졸업했네"였다. 아마도 어머니가 나의 졸업 작품을 도와주었던 것에 대해 핀잔을 주려 했던 게 아닌가 싶다. 나는 그렇게 입으로 두들겨 맞았다. 말로 매를 든다는 것이 이런 느낌인가 싶었다.

목청을 잔뜩 높인 아버지의 조언은 한창 불안하고 예민했던 나에게 꽤 고통스럽게 다가왔다. 말투와 어조 자체가 지나치게 강한 것에 대해 아버지에게 몇 차례 불만을 토로했는데, 아버지는 내 귀가 잘 안 들리니까 크게 얘기하는 거라고 했다. 항상 아버지와 격한 논쟁을 벌이다 보면 보청기를 안 끼고 있을 때조차 아버지의 목소리가 들릴 정도였다. 내 귀가 돌아왔나, 득음을 했나 착각에 빠질 뻔한 적도 여러 번 있었다.

청각장애인을 아는 사람들이라면 대부분 알고 있겠지만, 무작정 크게 얘기하는 것보다 또박또박 끊어서 천천히 말해주는 것이 더 잘 들린다. 아버지의 큰 목소리는 나에 대한 배려라기보다는, 아버지 당신의 조언에 취한 것처럼 느껴졌다. 어머니도 그동안 아버지의 강한 말투에 고통을 받아온 만큼 나의 이야기에 공감해주었다. 어머니와 함께 몇 날 며칠 "아버지 말투가 너무 강해서 힘들어요" 하고 하소연을 했더니, 요즘은 부드럽게 말하려고 애쓰는 게 느껴진다.

　나이가 더 들어 아버지와 대화를 나누고 나서야 왜 그런 심한 말투로 조언을 했는지 조금은 알게 되었다. 방구석에 박혀서 폐인처럼 지내는 아들을 보고 아무 말도 안 하느니 뭐라도 말하는 게 낫지 않았겠느냐, 라는 생각이었던 거였다. 아버지의 생각은 '모 아니면 도'식의 흑백논리와 비슷했다. 갈피를 잡지 못한 채 게임이나 하고 있는 자식을 보고 '아이고, 미래가 안 보여서 힘들겠다' 하고 토닥이느니 차라리 '대학교 쉽게 나왔네' 같은 험한 말로 충격을 주는 게 낫다고 본 것이다. 이유를 설명한 이후 "그래서 말투를 강하게 했다. 너라도 그렇게 하지 않았겠니?"라고 되물었다.

물론 아버지 말도 맞다. 무작정 감싸고 도는 것보다는 무언가 행동하라고 자극을 주려는 의도는 알겠다. 하지만 이 논리는 얼핏 'A하느니 B하겠다'라는 식으로, 단지 두 가지 선택지만 놓고 보면 그럴듯한 것 같지만 실제로는 너무 극단적이다. 양자택일의 해법만 추구하는 건 나의 가치관과도 맞지 않았다. 달래느니 강하게 이야기한다는 의도는 경우에 따라서는 옳을지도 모르지만, 현명한 방법이라고 보기는 어렵지 않을까. 당장 나부터가 거기에 자극을 받아 열심히 해야겠다는 생각이 들기보다는 반감만 잔뜩 생겨 오히려 의욕이 뚝 떨어지고 말았으니까.

방관하는 것과 강하게 압박하는 것, 그 사이의 적절한 강도가 분명히 존재할 것이다. 단지 대부분, 그 적절한 강도의 조언을 찾아내는 수고까지는 잘 하지 않는 것 같다. 아버지한테는 미안한 얘기지만, 내가 자식 노릇을 제대로 못 하니 아버지 당신이 편한 대로 회사에서 부하 직원한테 하듯 나를 대한 것처럼 느껴졌다. 물론 그것도 애정에서 기인한 것이었겠지만, 강하게 조언한다고 능사가 아닌 것을 그때는 조금도 이해하지 못했던 것 같다.

아버지의 스타일은 할아버지의 훈육 방식에서 영향받았을 수도 있다. 아버지의 화법에 대해 어머니와 대화하다 알게 된 사실이었다. 어머니의 말로는, 할아버지는 그 시절의 통념이라면 무조건 당연시하는 완고한 성격이셨단다. 그리 오래지 않은 예전만 해도 그림 그리는 사람을 그림쟁이라고 비하하고 미래가 불투명하다고 여겼었다. 할아버지는 아버지가 몰래 그려놓았던 그림들을 눈앞에서 찢으시곤 했단다. 그럼에도 아버지는 그림의 끈을 놓지 않고 끊임없이 그렸다고. 작은아버지들은 할아버지의 학벌주의, 즉 '학력이 진리'라는 단호한 의견에 따라 두 분 다 서울대학교에 들어갔지만, 아버지만 중앙대 시각디자인학과에 진학했다. 어머니를 만난 것도 대학에서였다.

내가 어렸을 때부터 매년 두세 번씩 가족 모임을 갖곤 했는데, 그때마다 어머니는 우리 가족이 다른 서울대 출신의 작은아버지들 가족에 비해 알게 모르게 무시를 받는다고 느끼곤 했단다. 할머니 할아버지 입장에서는 서울대 출신 동생 둘이 그림쟁이로 여겼던 큰아들보다 더 예뻐 보였을 것이다.

그런 속사정을 알게 된 후로는 아버지의 강한 어조가 이전처럼 그렇게까지 세게 들리지 않았다. 아버지의 성장 과정을 듣고 아버지에게도 나름의 어려움이 있었다는 사실을 알고 나서는 아버지의 입장도 조금씩 이해하게 된 것이다.

그래도 아버지가 무작정 강하게 조언하는 대신 내가 수용 가능할 정도의 어투로 이야기를 해주었으면 어땠을까 하는 아쉬움은 여전히 남는다. 내가 아버지를 이해함으로써 하나의 완충제가 생겨났다면, 아버지도 그때 말투를 조금만 더 부드럽게 하는 식의 완충제를 설정해두었으면 어땠을까 하는 아쉬움이다.

고등학교 때부터 '네가 대학을 졸업하면 너는 남이다. 지원을 끊어버리겠다'라는 식의 단정 조의 어투에 스트레스를 많이 받았다. 그런 까닭인지 내가 제일 싫어하는 말투도 단정적인 어투다. 사람은 변하지 않아. 좌파는 이래. 우파는 이래. 애들은 이래. 어른들은 이래. 남자는 이래. 여자는 이래. 이런 것들.

　같은 말이어도 내용이 좋은 것과는 별개로 전달하는 뉘앙스, 어조, 어투에 따라 다르게 들린다. '집에서 게임을 하느니 가출해라!'처럼 들릴 수도 있고, '집에서 게임을 하는 것도 좋지만 다른 도전도 시도해보는 것은 어떨까?'라는 식으로 들릴 수도 있다. 전달하고자 하는 내용은 둘 다 '막연히 방황하는 것보다 무언가라도 시도해보는 게 좋다'라는 점에서 동일할 텐데도. 본질은 같아도 듣는 이의 입장에서 와닿는 전달력은 천지 차이다.

　또 상대의 예민도에 따라 같은 조언을 어떻게 받아들이는지에도 차이가 나게 마련이다. 나에 비해 상대적으로 덜 예민한 동생은 아버지의 방식을 꽤 순조롭게 받아들이는 것처럼 보였다. 물론 내 눈에 그렇게 보였을 뿐, 실제로 어땠는지 물어본 적은 없다.

　최근 몇 년간 아버지와 함께 카페를 운영하면서 이전

보다 훨씬 더 많은 시간을 같이하게 되었다. 그러면서 아버지의 방식이 할아버지에게서 온 것임을, 또 '강한 아버지상'이라는 사회적 역할에 충실하다 보니 자연스럽게 일상에서도 그런 어투를 쓰게 되었던 것임을 깨달았다. 하지만 무엇보다도 놀라웠던 사실은 아버지도 나처럼 예민하고 섬세한 남자였다는 점이다.

이제 나이가 들어가면서 아버지의 남성성도 어느 정도 수그러지고, 말투나 어조도 점점 온화해지는 게 느껴진다. 아버지와 카페를 함께 운영하면서도 몇 번인가 부딪칠 일은 있었지만, 부자 사이가 갈라질 정도의 큰 어려움은 없었다. 어떤 면에서는 아버지와 아들이 서로를 조금 더 깊이 알아가는 소중한 시간이 되고 있다.

아버지는 책임감을 가지고 나를 한 인간으로 올바르게 서도록 이끌어주었다. 카페 운영을 함께하며 배운 점은 커피를 제조하거나 손님을 응대하는 기본적인 것을 넘어선, 더 중요한 것이었다. 삶에 대한 태도, 옳고 그름을 분별하는 법, 그리고 내가 하는 일에 긍지를 갖고 책임을 지는 법, 또 좋을 때도 있고 나쁠 때도 있다는 사실을 받아들이는 법 같은 것들이었다.

아버지의 말투 때문에 마음을 많이 다쳤지만 이제 그 기억에서 벗어나 앞으로 나아가도 괜찮지 않을까 싶다. 아버지 덕분에 삶의 다양한 문제에 직면해서도 충분히 책임감을 가진 어른이 된 것도 같다. 나도 아버지처럼 책임감 있는 아버지가 되고 싶다. 다만, 누군가에게 조언할 때의 강도는 훨씬 부드럽게.

약자의 강자화,
강자의 약자화

일본에서 한국으로 돌아오고 나서 한창 방황했을 무렵 컴퓨터에 썼던 일기를 오랜만에 보았다. 첫 대목부터 절로 눈살이 찌푸려졌다. 내용이 상당히 자학적이었다. 나는 무쓸모다, 사회에 도움이 안 된다, 무가치한 삶을 살고 있다, 이런 내용이 대부분이었다. 이처럼 비관적인 데는 아버지의 강압적인 조언도 한몫했을 것이다. 글들을 보다 보면 기분이 다시 비참해져서 전부 지워버렸다.

아버지와 카페를 시작하기 전에 직장생활을 두 차례 했었는데, 두 번 다 썩 좋은 결과를 내진 못했다. 하나는 아버지의 소개로 유명 건축가의 건축사무소에서 인턴으로 일했을 때이고, 다른 하나는 몇 년 뒤 작은 신생 건축사무소의 초창기 멤버로 일했을 때였다. 그사이에 스타벅스에서 아르바이트를 일 년 정도 했다.

첫 직장은 인턴 생활까지만 하고 그만뒀다. 정확히는 그만뒀다기보다는 애초에 인턴만 하겠다는 식으로 이야기가 되어 있었다. 채용 공고를 통해 지원해서 들어간 것이 아니라, 아버지의 인맥을 통해 얻은 기회였다. 회사 측에서도 정식 직원까진 힘들고 예의상 인턴까지만 받아준 것 같았다. 그래도 첫 직장이니만큼 열심히 다니려고 했고, 미숙하지만 최선을 다했다. 원래 계약은 한 달이었지만, 이 개월을 더 연장해주었다. 마지막 업무를 마치고 퇴근하는데, 지하철에서 왠지 모르게 눈물이 났다. 그냥 뭔가 감사했던 것 같다.

직장 생활을 경험하면서 기업의 장애인 고용 의무에 관해서도 조금 공부를 했다. 아무래도 내가 장애인 입장이기도 하고, 미래에 근로자로 일하기 위해서는 회사 측에서도 바라볼 필요가 있다고 느꼈기 때문이다. 현재 장애인 고용 의무율은 3.1%로, 상시 50인 이상의 근로자를 고용하는 기업들에 해당된다.

이 의무 고용 비율에 대해서 회사의 경리 직원이나 인사과장님에게 물어본 적이 있다. 물론 내가 한 질문에는, '나를 인턴이 아닌 정식 직원으로 뽑아줬으면 좋겠습니다. 이참에 장애인 고용 의무율도 채우시고요' 하는 속내가 담겨 있지 않았다고는 말할 수 없다. 이후 인사과장님이 해준 얘기는, 장애인 고용 비율이 성립하려면 우리 회사에 장애인이 최소 두 명 이상이 되어야 하는데, 이 두 명을 채우기 힘들어서 그냥 장애인 고용 부담금을 내고 있다고 했다.

사실 이 말에는 약간의 어폐가 있다. 물론 내가 능력이 부족해서 정식 직원으로 쓰기는 힘들다는 사실을 에둘러 말한 것이란 건 알고 있다. 그렇다면 대부분의 회사가 실제로 원하는 장애인 인재상은 뭘까. 첫째, 직원으로 쓰기에 괜찮은 스펙을 가지고 있을 것, 둘째, 그러면서도 동시에 장애인의 위치에 있을 것, 이 두 조건이 충족되는 사람이 아닐까.

사람을 적절하게 쓰려는 기업의 입장은 이해가 되지만, 이런 교집합을 채우는 사람이라면 더 나은 환경에 지원하지 왜 중소기업에 지원할까 싶었다. 물론 아버지의 도움을 받아 인턴이라도 하게 된 입장에서 뭘 더 바라는가 싶기도 했다. 하지만 한편으로 생각해보면 장애로 인해 일상과 학업에 지장이 있는 사람이, 다른 평범한 사람들과 같은 토익 점수, 학점, 대외활동, 공모전 등의 커리어를 쌓는 일은 결코 쉽지 않다.

물론 이것을 단순히 사람을 뽑아주지 않는 기업 탓으로만 돌릴 수는 없다. 이 '장애인 의무 고용'의 법률에는, 법을 제시한 '나라', 법에 따라서 사람을 고용하는 '기업', 법의 적용을 받는 '장애인', 이 세 주체의 관계가 얽히고설켜 있다. 쉰 명 이상을 고용하고 있는 기업이라고 해도, 몇 년 동안 수많은 사람을 고용하며 인사고과 시스템이 잘 정리된 기업의 채용능력과 갓 쉰 명을 넘긴 신생회사의 채용능력이 같을 수는 없지 않겠나. 의무 고용법에 따라 장애인을 뽑은 이후에 들이는 수고와 노력, 비용을 회사에서 전부 부담하게 되면, 회사는 장애인을 뽑으면서 생기는 리스크(수고와 노력과 비용이 모두 합쳐진)의 총비용과 장애인을 안 뽑는 대신 나라에 내는 장애인 고용 부담금 사이를 저울질해보게 될 것이다.

장애인이라고 무작정 뽑아주는 것도 역설적으로 '약자의 강자화' 현상을 일으킬 수 있다. 사회적 혹은 육체적 약자가, 그 시스템을 설계하고 받쳐주는 역할을 하는 선한 의도의 보편적 강자에게 오히려 따지고 드는 셈이 될 수도 있다. 적합한 누군가의 자리를 내가 빼앗는 것일 수도 있다는 말이다.

약자의 강자화. 나의 경우로 치자면, 장애라는 약점을 무기로 쓰는 경우일 텐데, 장애기 무기라니, 뭔가 도덕적으로 안 맞는 느낌이다. 나는 절친한 친구와의 사이에서 장애를 농담으로 삼을 때 말고는, 정말로 내가 약자라는 포지션을 무기로 사용하는 행위를 싫어하는 편이다.

일전에 들은 일화 하나가 떠오른다. 영어학원을 열심히 다니던 시기에 영어 선생님이 겪었던 일이라며 들려준 이야기였다. 선생님이 근무하던 이전 학원에 거동이 불편한 휠체어 장애인이 있었다고 한다. 대부분의 사람들은 문 앞에 휠체어 장애인이 있는 것을 보면 문을 열어줄 것이다. 그런데 하루는 선생님이 다른 일을 하느라 정신이 팔려서 휠체어 장애인이 문 앞에 서 있는 것을 미처 보지 못했다고 한다. 그런데 그 장애인이 화를 버럭 냈다는 것이다. "아니, 뭐 하세요! 빨리 문 열어주셔야죠!" 선생님은 고성을 듣고 놀라 하던 일을 잠시 멈추고 문을 열어주었는데, 기분이 왠지 불쾌했다고 했다. 에피소드를 다 들려준 이후 나에게 "승호야, 이게 정말 맞는 거니?" 하고 물어보았다.

나는 선생님에게 "장애인이나 약자인 것을 떠나서 상대가 어떤 선의를 당연히 베풀어야 한다고 요구하는 것 자체가 이상한 것 같아요"라고 대답했다. 표정을 보니, 약간 마음이 풀린 듯했다.

장애인이나 사회적 약자인 것을 떠나서 타인의 자율적인 선의를 강제적인 의무라고 해석하면 곤란하다. 도움을 받으면 도와준 사람에게 감사의 마음을 가지는 것이

인지상정이다. 도움을 받는 것이 특권일 수는 없다.

내가 매번 보청기를 빼고 운동을 하다 지인을 만났을 때도 똑같다. 요즘 같은 코로나 시기에 체육관이나 헬스장 같은 곳에서 "당신의 말을 못 알아듣겠어요. 의무적으로 입 모양을 보여주세요!" 하며 마스크를 내리라고 보챈다면 그건 이기적인 행동일 수밖에 없다. 나에게 말이 잘 전달이 안 되면 살짝 마스크를 내리든가, 아니면 핸드폰을 켜든가, 보통 둘 중 하나를 선택해서 대화를 나눈다. 내가 마스크를 내려달라, 문자로 써서 보여달라 요구할 부분이 아니다. 이렇게 상대방의 도움이 필요하다 해도 그 사람의 자율에 맡기는 게 옳다고 본다.

물론 이런 상황과는 별개로, 사회가 변화하는 데는 어느 정도 의견을 낼 필요가 있다. 나와 같은 특정 소수자들에게 있어서 사회를 향해 목소리를 내는 시위는 꼭 필요하다. 하지만 그것이 특정 도움의 형태를 강요하는 것이 되어서는 안 된다고 생각한다.

'행복한 가정은 모두 모습이 비슷하고 불행한 가정은

제각각의 불행을 안고 있다.' 《안나 카레니나》의 유명한 첫 문장이다. 여기서 '가정'을 '개인'으로 바꿔 대입해봐도 좋겠다. 다시 말해 비장애인이 장애인보다 더 행복한 삶을 살고 있다고 단언할 수는 없는 것이다. 어찌 보면 결핍이나 행복의 크기를 남의 것과 저울질하는 행동 자체가 잘못된 게 아닐까. 나는 자신의 결핍에 온전히 직면하는 것이 진정 행복에 다가가는 길이라고 생각한다. 그 결핍이 없어지는지 그대로 있는지는 중요하지 않다. 행복은 어떤 특별한 이벤트로 다가오는 것이 아니고, 나에게 딱히 이상하고 불편할 것 없는 평범한 하루 속에서 생겨난다고 믿기 때문이다.

† † † †

스타벅스에서
일자리 얻기

한국에 돌아온 후 이런저런 일을 겪으며 나는 한참을 방황했다. 한동안 영어학원을 꽤 길게 다녀본 적도 있었다. 가만히 손 놓고 살기에는 막연하고 두려워서, 무언가 배워야 할 것만 같아서였다. 학원을 다니면서 심리 상담 센터도 직접 알아봐 상담을 받았다. 이 막막하고 두려운 상황에 대해 해법을 찾을 수 있지 않을까 해서.

지금 와서 생각해보면, 남들도 다 배우는 영어 실력이 조금 늘어난 것보다는 심리상담을 통해 나 자신을 객관적으로 바라보는 과정에서 얻은 게 더 많은 것 같다. 내 심층의 정서적 갈증을 조금은 해소할 수 있는 실마리를 찾는 과정이었다. 영어는 들인 시간치고는 그냥 평범한 수준이다. 그래도 무언가를 영어로 말할 수 있게 되었으니, 역시 아무것도 안 한 것보다는 나은 선택이었다고 생각한다.

이때 영어만 배운 건 아니고, 스타벅스에서 마감 조로 아르바이트를 하며 용돈을 벌었다. 부모님 집에 얹혀사는데, 용돈까지 손 벌리기는 좀 그랬다. 오전에는 영어공부, 오후부터 마감까지는 스타벅스 알바, 이런 생활의 반복이었다. 아르바이트로 번 돈은 대부분 심리상담을 받는 데 썼다. 심리상담은 돈이 아깝지 않은 경험이었다.

굳이 다른 유명 브랜드나 개인 카페가 아니라 스타벅스에 지원한 이유는, 장애인 복지에 스타벅스가 열심이라는 인상을 받았기 때문이다. 다른 프랜차이즈 카페보다 스타벅스의 장애인 고용률이 높다는 뉴스를 본 기억도 났다.

처음으로 지원서를 넣었을 때, 일반인들과 같이 평범하게 면접을 봤다. 매장마다 상황의 차이가 있기 때문에, 우선 자리가 난 곳 몇 군데에 가서 면접을 보았다. 보통 아르바이트 자리가 나는 경우, 본사가 아니라 각 매장의 점장이 모집 공고를 인터넷에 올린다. 몇 군데 면접을 보고 떨어지기를 반복하다, 홍대입구역과 합정역 사이의 스타벅스 서교동사거리점에서 면접을 보았다.

　면접을 보러 갔더니 점장님이 맞아주셨다. 내가 몇 번째 면접자인지는 모르겠지만, 앞에 한 명이 면접을 보는 중이라 나는 매장 구석에서 대기하고 있었다. 면접은 무난하게 진행되었다. 집 위치, 왜 스타벅스를 지원했는지, 커피는 좋아하는지 등등. 며칠 뒤, 합격 문자를 받고 기분이 들떴다. 그러다 문득 장애인 전형이 따로 있나 하는 생각이 들어 점장님에게 "장애인 전형이 따로 있나요?" 하고 물어봤다. 있다고 했다. 사실 굳이 장애인 전형으로 지원하지 않고 그냥 다녀도 되기는 했지만, 장애인 전형으로 들어가면 혜택 같은 것이 있다고 했다. 자기들 지점을 1지망으로 해서 장애인 전형으로 다시 지원서를 넣으라고 귀띔해주었다.

　혜택으로는 이런 것들이 있었다. 스타벅스는 보통 집 근처로 근무지를 배정해주지 않는다. 내가 홍대에 산다고 해서 홍대입구역 근처의 스타벅스로 보내지는 않는다는 말이다. 대부분 대중교통으로 약 한 시간 내외 거리의 지점에 배치한다. 그렇게 일이 년 정도 근무하면, 점장도 직원들도 다른 지점으로 발령이 난다고 한다. 듣기로는, 한 장소에서만 근무하면 긴장도가 떨어지고 미음이 느슨해지므로 적정한 기간마다 이동을 시켜 능률을 올린다는 것이었다. 이건 어떤 논문에 근거한 조치라나. 아무튼 그렇다.

한데 장애인 전형으로 채용이 되면, 이런 배치 조항에서 제외된다. 그냥 집 근처에서 일하고 싶다고 지원하면, 집 근처로 발령을 내주는 것이다. 나로서는 더 가까운 지점으로 갈 수도 있었는데, 그래도 면접 본 의리를 생각해서 서교동사거리점을 1순위로 적었다.

사실 장애인 입장에서는 당연할 수도 있는 일인데, 내게는 이런 장애인 전형의 면접이나 모임 같은 곳에 가본 적이 없어서 생소하고 특별한 경험이었다. 장애인 전형으로 모여서 면접을 보는 경우, 각 지점의 점장 면접이 아니라 스타벅스 본사에서 면접을 봤다. 당연한 말이지만,

면접장에 모인 사람들은 전부 장애인들이었다. 면접이 시작되기 전에 입구 근처의 벤치 같은 곳에 다들 모여 있었는데, 다양한 장애를 가진 사람들이었다.

그중 고등학교를 갓 졸업한 듯한 풋풋한 여자애들 둘이서 멀리서부터 서로를 알아보고 웃으며 반기는 모습이 인상 깊었다. 자세히 보니 입은 가만히 있고 손을 아주 현란하게 마술사처럼 요리조리 왔다 갔다 움직였다. 수화를 하는 모양이었다. 수화는 못 읽지만, 흘러가는 분위기를 보아하니 같은 곳에서 면접을 볼 거라고는 예상을 못한 모양인지 무척 반가워하는 것 같았다.

면접실에는 얼추 여섯 명씩 짝을 이뤄서 들어갔다. 일전에 섬상님과 보았던 평범하고 가벼운 면접과는 다르게, 약간 낮은 조도의 조명 아래에서 직급이 좀 높아 보이는 사람들이 다섯 명 정도 있고, 제일 좌측에 막내 역할을 하는 젊은 사람이 앉아서 기다리고 있었다. 시작부터 분위기에 압도당하는 느낌이었다.

제일 좌측에 있는 지원자부터 순서대로 질문에 따라

대답을 했다. 나는 좌측에서 네 번째 자리여서 가만히 순서를 기다렸다. 제일 좌측의 지원자는 얼핏 보기에는 지체장애인 쪽으로 보였는데, 무언가를 열심히 말했다. 중간중간 이야기가 막혀서 보는 내가 안타까울 정도였다. 이후 바로 옆의 면접자까지 차례가 왔다. 이 지원자는 나랑 동갑이었고 나처럼 청각장애인이었다. 옆에서 보니 긴장도 많이 한 듯했고, 보청기는 착용하고 있었지만 성능이 안 좋은 모양인지 면접관들이 하는 이야기를 대부분 못 알아들었다.

나는 바로 옆이기도 했고, 면접관이 말하는 걸 어느 정도는 들을 수 있어서, 휴대폰을 슬그머니 켠 뒤 내용을 적어 보여줬다. 면접관이 이런 걸 물어봤어요, 하고. 내가 내용을 적어서 보여주니 이해한 표정을 지은 후에 면접관을 향해 대답했다. 나름대로 열심히 대답했는데, 발음 중 몇 가지는 옛날의 나처럼 불명확했다.

그러고 나서 내 차례가 왔는데, 정작 내 차례가 되니 별 긴장 없이 그냥 편안하게 술술 이야기가 나왔다. 질문

도 '커피를 내리다 손님이 컴플레인을 걸면?' 같은 응대
능력을 확인하는 심화적인 내용이 아니라, 아주 일상적
인 사항 위주였다. '카페에서 어떤 음료를 주로 마시나?'
같은 내용이었다. 그다지 압박 면접식의 질문은 없었다.
장애인을 대상으로 하다 보니 무난한 질문들 위주로 준
비하지 않았나 싶다.

　면접이 끝난 후에, 내 옆에 있던 동갑내기 남자애가 고
마웠던 모양인지 연락처를 교환하자고 했다. 서로 취미
도 비슷해 게임 이야기도 하며 한동안 연락하고 지냈는
데, 휴대폰을 바꾸면서 전화번호가 사라져 지금은 어떻
게 지내는지 모르겠다. 마지막으로 연락했을 무렵에는,
공공기관의 CCTV 보는 일 관련으로 취업한다고 했었다.

　장애인 전형은 자연스럽게 통과했다. 다른 장애인들에
비해 대화도 다소 수월하고, 주변을 챙기는 모습도 보인
까닭이었을 것이다. 그리고 아무래도 상대적으로 경증으
로 보였을 것 같다. 옆자리 친구는 아쉽게도 떨어졌다.

그렇게 1지망으로 적어놓은 서교동사거리점에서 일을 시작했다. 그때 이름을 닉네임으로 지어야 한다고 해서, 찰리 채플린에 '채'가 있다는 점을 고려해 '찰리'라고 지었다. 점장님은 '슈'였다. 점장님은 온화한 데다 주변을 잘 챙겨주는 스타일이라 스타벅스에서 일하는 동안 편안하게 근무했다. 그렇게 약 일 년간 다니다가 건축사무소에 취업하게 되어 자연스레 그만두었다.

최근에 나와 아버지가 운영하는 카페에 슈 점장님이 친구분을 데리고 연락 없이 방문했던 적이 있다. 오랜만에 얼굴을 봐서 얼마나 반가웠던지. 아무래도 카페라는 공간이 일터가 되면, 주변 지인들이 쉽게 놀러 오는 모양이다. 점장님뿐만 아니라, 그동안 이런저런 핑계로 만나지 못했던 얼굴들을 카페를 운영하면서 정말 많이 봤다.

스타벅스를 다니면서 지금 카페를 운영하는 데 도움이 되는 경험을 미리 많이 했다. 음료 제조의 숙달은 기본이고, 손님에게 인사할 때의 표정, 톤, 뉘앙스 같은 접객의 방법도 다 그때 미리 경험해보았다. 가장 단련이 된 부분은, 포스기를 보며 주문을 받는 상황에 대한 것이다. 내 귀에는 여전히 홍차라떼와 녹차라떼의 '홍'과 '녹'이 똑같이 들리고, 유자차와 오미자차의 '유자'와 '오미자'도 똑같이 들린다. 사람들이 주로 단어 앞부분보다는 뒷부분에 강세를 넣어서 그런 것 같다.

요즘은 코로나로 다들 마스크를 쓰고 있기 때문에 특히 더 그렇다. 오미자차를 주문하면 '오미'는 거의 안 들리고, '자차'는 들리는데, 대체 앞글자가 '유'인지 '오미'인지 헷갈릴 때가 종종 있는 것이다. 그래도 지금은 이런 잔 실수들은 그러려니 한다. 매번 이런 실수에 신경 쓰면 힘든 건 손님이 아니라 나다. 음료를 잘못 내보내면, 죄송합니다, 잘못 들었습니다, 하고 다시 내어준다. 그래도 어쩐지 표정이 안 좋은 경우라면, 그때는 부연 설명을 해준다. 솔직하게 내 귀 상태를 얘기하는 것이다.

"손님, 사실 제가 보청기를 착용하고 있어서요, 가끔 놓치는 게 있습니다. 양해 부탁드립니다." 그러면 손님이 더 죄송해하는 상황이 되어버린다. 나도 너무 미안해하는 손님을 보면 기분이 좋지는 않다. 우리 카페의 공간을 누리러 온 손님에게 불편함을 주는 것 같아 죄송하다.

청각장애인으로 살면서 서비스업에 종사하는 것은 예상보다 꽤 힘겨운 일이다. 대학 시절만 해도 친구들과 카페에 들러 주문을 하면, 앞에 있는 직원은 내가 범접할 수 없는 일을 하는 것처럼 느껴졌었다. 나로서는 불가능의 영역으로 여겨졌기 때문이다. 하지만 다시 생각해보면, 내가 불리한 상황에 있는 것과 내가 그 일을 하고자 하는 마음은 다른 영역이다.

팔이 하나 없다고 해서 역도를 못 하는 것은 아니다. 다리가 하나 없다고 해서 달릴 수 없는 것도 아니다. 마찬가지로, 귀가 잘 안 들린다고 해서 소리와 관련된 일을 할 수 없는 것도 아니다. 불리한 상황에 놓여 있다는 것은 불가능하다는 의미가 아니다. 헤쳐나가야 할 길이 조금 더 먼 것뿐이다. 지금은 그렇게 생각하며 살고 있다. 그러자 의외로 이것저것 도전하고 싶은 것들이 많이 생겼다. 또 그러다 보니 삶이 더 풍성해졌다. 역시 마음먹기에 달렸다. 청각장애인이든 아니든, 누구에게나 그럴 것이다. 그러니 일단 마음을 먹자.

한옥 카페 이채의
주인장 되기

　요즘 나는 근육에 다분히 빠져 있다. 카페 일에 운동을 추가하니 삶이 건실해지면서 정신이 꽉 차는 느낌이다. 내 육체가 강인해지는 걸 느끼게 되자 간혹 발생하는 손님의 클레임이나 일상의 다양한 스트레스에 더 잘 버틸 수 있게 되었다. 스트레스라는 총알을 맞으면 전에는 푹푹 박혔는데, 지금은 세미 슈퍼맨 정도로 반은 박히고 반은 튕겨 나간다고 할까, 뭐 그런 느낌이다.

　'이채' 카페를 하기 전에 건축사무소에서 잠깐 일을 했다. 스타벅스에서 아르바이트를 하며 영어학원을 동시에 다니다가, 어떤 교수님의 모임에 참석한 것을 계기로 다시 건축 계열에 취업할 기회가 생긴 것이었다. 앞서 소개했던 유학 시절의 대학원 누나가, 어느 날 "아는 건축가 교수님 모임에 가보지 않을래?"라고 했다. 이 교수님은 누나의 남자친구인(지금은 남편이 된) 건축가 형의 대학원 시절 교수님이셨다. 교수님 입장에서 보자면 나는 대학원 제자의, 같이 건축을 하는 여자친구의, 건축을 공부하다 만난 친한 동생쯤이 되는 것이다. 제자의 여자친구의 친한 동생. 제삼자도 아니고 제사자 정도 되는 느낌이랄까. 이 정도 인맥의 권역에 있으면, 사실 길을 지나가는 행인 1 같은 존재감에 가깝지 않을까 싶었다.

건너 건너 아는 주제에 참석하면 교수님에게 민폐가 되지 않을까 걱정되어서 갈까 말까 고민을 많이 했다. '일면식도 없으면서 모임에 참석하는 건 실례다' 하는 생각도 들었다. 그래도 한편으로는, 건축계의 권위 있는 교수님과 그 제자들이 모이는 곳에 한 번쯤 가보고 싶었다. 한동안 손 놓은 건축도 그리웠다.

고심 끝에 모임에 갔다. 교수님의 제자의 여자친구의 친한 동생 입장으로. 너무 빈손, 빈 지식으로 가는 것도 실례인 것 같아서 교수님 책도 사서 살짝 공부를 하고 갔다. 가보니 교수님의 대학원 제자들만 모인 것은 아니었고,

지인들도 많이들 왔다. 그 지인 중 한 분과 어쩌다 보니 연이 닿아 그분의 건축사무소 초창기 멤버가 되었다.

그리고 잘렸다. 잘린 이유는 꽤 심플하다. 어떤 회사든 갓 시작한 작은 회사는 개개인이 할 일이 많다. 그리고 나는 이전의 건축사무소 인턴 생활에서 느낀 건데, 일머리가 느는 데 오래 걸리는 유형이다. 일을 잘하게 되기까지 시간이 걸린다. 회사에서는 내가 성장하기를 기다려줄 여력이 부족했고, 나는 회사의 기대를 충족시킬 만큼 민첩하지 못했다. 잘리기 직전에 마지막으로 "월급 없이 배우면서라도 다녀볼래?"라는 제안을 받았다. 내 가치가 이 정도로구나. 좀 씁쓸했다. 지금 생각해보면 이해도 된다. 건축사무소 소장님으로서는 할 수 있는 최선의 배려를 해준 것 같다. 하지만 당시의 나는 무급으로 버티는 것은 말도 안 되고, 괜히 눈치만 보일 것 같아 그냥 관두겠다고 했다.

대학원 누나와 누나 남편(형)과는 요즘엔 거의 하루에 한 번 이상 볼 정도로 친하지만, 직장에서 잘린 직후엔 취업 자리를 주선해준 형과 누나를 볼 면목이 없어서 일 년 정도 연락을 안 하고 지냈다. 대학교 때도 그렇고, 이번에도 주변에 면목이 없어서 연락을 안 하는 걸 보니 나는 다분히 면목이 중요한 사람인 듯하다.

이렇게 직장에서 해고되고 몇 개월간 다시 집구석에 처박혀 있었다. 매번 폐인이 되면, 자연스럽게 게임에 몰두하게 된다. 게임이 하고 싶어서라기보다는 마땅히 할 게 없어서. 밖에 나돌아다니기는 또 초라해서. 요즘 들어 느끼는 거지만, 게임을 정말 하고 싶어서 하는 사람은 생각보다 많지 않다고 본다.

과한 게임 중독이 사람을 망가뜨린다는 사회의 인식이 있지만, 사실은 이미 망가진 사람들이 게임을 하는 것도 현상의 한 측면일지 모른다. 게임을 아무리 좋아해도, 타인과 마주 보며 웃고 대화하는 건실한 관계보다 좋을 수는 없다. 어떤 생물이든 경쟁에서 밀려나면 연애와 같은 당연한 것들은 포기하고, 차선책으로 쉽게 얻을 수 있는 즐거움을 선택하기 마련 아닐까.

방구석에서 게임만 하는 모습을 좋게 보는 부모님은 없다. 그렇게 몇 개월을 보내고 있자니, 아버지가 보다 못해 카페 일이나 같이하자고 했다.

그렇게 아버지와 내가 같이 꾸리는 카페 '이채'가 탄생했다. 아버지는 회사에서 은퇴한 이후, 제2의 직장으로 생각하며 약 일 년 동안 카페 운영을 준비하고 있었는데, 그 과정에 마침 일이 없어진 내가 끼게 된 것이었다. 내가 합류할 즈음엔 가게의 공사가 시작된 지 일 년여가 지난 시점이었는데, 한옥으로 짓다 보니 평범한 영업장보다는 공사 난이도가 높아서 기간이 더 오래 걸렸다.

카페 이름을 정할 때도 가족 넷이서 머리를 싸매고 고민했다. 이런저런 이름들이 나오다가, 결국엔 '이채'로 정했다. 아버지와 아들, 채씨가 두 명 있어서 이채가 되기도 하고, 건물 두 채가 이어져 있어 이채이기도 하다. 또 '이채롭다'라는 의미의 이채, 어머니 성이 이, 아버지 성이 채라서 각 성을 합쳐서도 이채였다. 이씨가 앞에 있는 이유는 어머니가 우리 집안의 실세라서. 이건 아버지에겐

비밀이지만. 아무튼 이렇게 다양한 뜻을 한가득 담아서 카페 이름이 이채가 되었다.

카페를 오픈하고 한동안은 고생을 많이 했다. 초반 일이 년 차 때는 개인적으로 너무 미숙했던 시기라, 손님에게 인사를 하는 것도 받는 것도 부끄럽기만 했다. 스타벅스에서 단순히 직원으로 일했을 때와는 달리, 내가 온전히 담당해야 하는 상황이 되고 보니 같은 인사여도 꽤 무겁게 다가왔다.

오픈 초반에는 카페라는 공간도, 일하는 사람도 이것저것 배우고 적응하는 시기다. '우리 카페의 뭘 좋아하지?' '왜 음료를 남기고 갔지?' '음료가 비싼 건 아닐까?' 이런저런 걱정이 많았다. 게다가 나의 경우엔 내 쪽에서 "아버지, 카페 함께해요!" 하며 능동적으로 시작한 게 아니라 수동적으로 참여한 셈이다 보니, 초반엔 일에 적극적이지도 않았다.

다른 것보다 제일 힘들었던 점은, 회사에서 잘린 후 다시 페인이 되어 혼자 방구석에 처박혀 있다가, 갑작스레 하루에도 몇 번씩 낯선 사람들과 인사를 나누어야 하는 상황에 놓인 것이었다. 물론 오픈 초기라 손님이 그리 많지는 않았지만, 그 몇 안 되는 손님들과 인사를 나누고 간단한 주문과 대화를 주고받는 것만으로도, 집에 돌아오면 녹초가 되기 일쑤였다.

그래도 몇몇 단골분들의 애정 어린 말이 힘이 되어주었다. 코로나가 시작되기 전까지 자주 오시던 할머니 손님들이 계셨다. 아버지보다 나를 더 좋아하셔서 한동안 내 별명이 할머니들의 아이돌, 할미돌이었다. 하루는 할머니 중 한 분께서, 자신들 사이에 떠도는 이채 카페의 작은 전설이 있다고 나에게 말씀하셨다. 이야기를 듣고 크게 웃었다.

낮에 오면 젊은 사장이 있는데, 밤에 오면 사장이 갑자기 나이가 들어 보인다는 것이었다. 주로 내가 오픈을 담당하고 아버지가 마감을 담당해서 그렇게 소문이 난 것이었다. 그 외에도 아버지의 패션 센스가 워낙 좋아서, 혹시 나이 차가 많이 나는 형제가 아니냐고 묻는 사람도 있었다. 한동안 아버지 입에서 미소가 떠나지 않은 이유였다.

물론 초반에 힘들었던 건 내가 예민한 성격인 까닭도 있다. 외향성과 내향성의 큰 차이는 외부 자극에 대한 민감도의 차이라고 생각한다. 오감으로 느끼는 타인부터, 사람 대 사람으로 느끼는 대인관계까지, 다양한 자극들에 민감도가 높으면 내향적이고, 민감도가 낮으면 외향적인데, 그에 따르면 나는 완전히 내향적인 인간이다. 민감도가 높아서 그런지, 인사 한마디에도 쉽게 지치는 나 자신이 보였다. 그런 내 모습이 별로 맘에 들지 않았다. 벗어나고 싶었다. 더더군다나 이렇게 서비스업에 종사하게 되었으니 정말 바꾸고 싶었다. 손님 응대를 조금 더 잘해내고 싶었다.

스피치 학원을 다닌다고 나아질 문제로는 안 느껴졌고, 집에 와서 게임으로 스트레스를 푸는 것보다 운동이 더 건전할 것 같아서 우선 헬스장에 등록했다. 결과적으로 헬스를 하게 된 것은 꽤 좋은 선택이었다. 운동을 하면서 보다 강건해진 육체 덕인지는 모르겠지만, 타인과 나누는 인사도 이제는 수월해졌고, 내가 제공하는 서비스의 질도 약간은 향상되었다.

이전에는 '혹시 손님이 걱정하면 어떡하지?'라고 생각하며 별것 아닌 것조차 걱정 한가득인 몸짓을 해 보였는데, 운동을 시작하면서 사소한 것들에 덜 흔들리게 되었다. 간혹 손님으로부터 클레임이 들어와도, 이전에는 큰 충격을 받고 심하면 며칠씩이나 머리에 남아 쩔쩔맸는데, 지금은 객관적으로 무엇이 문제였는지 다시 한번 물어보고, 가게 측 실수면 음료를 다시 만들어주는 등 능동적으로 대처할 수 있게 되었다.

때로는 아무리 따져봐도 손님 쪽이 문제인 경우도 있었지만, 그럴 때도 손님 탓으로 돌리기보다는 그냥 단골 한 명 만드는 셈 치고 새로 가져다주기도 했다. 손님에게 따지면서 소모되는 나의 정신적 체력이 환불해주는 돈보다 더 아까웠다. 내가 온전히 책임지는 입장이 되면 눈앞의 돈보다는 나의 장기적인 체력과 멘탈처럼 더 중요한 게 보이는 법이다.

카페 운영자로서의 나는 스스로의 기준으로 볼 때 여전히 부족하다. 손님을 대하는 태도도 여전히 앵무새처럼 반복적이고 상투적이며 A 버튼을 누르면 A만 나오는 시시한 기계 같다. "아이스를 미지근하게" 혹은 "녹차라떼에 샷 추가"같이 손님이 약간 특별한 요구를 해오면, 기계가 오작동을 일으키듯 딜레이가 걸리기도 한다. 뭐, 그래도 대응을 할 수 있는 것만 해도 제법 인간답다. 어설프나마 카페 주인 같아 보인다. 그걸로 만족하지는 않지만, 그래도 발전하는 내 모습에 뿌듯하기까지 하다.

언젠가 어머니가 나에게 해준 말이 있다. 귀 때문에 평범한 사람들보다 서비스를 잘 못 해주는 것은 심각한 문제가 아니니, 네 방식대로 앞으로 나아가면 된다고. 남들이 선택한 방식이 아닌 내가 선택한 방식. 그 선택이 정답이 아닐지는 몰라도, 내가 무언가를 선택한다는 것은 반성하고 배우며 스스로 능동성과 책임감을 기르는 길이다. 그런 게 더 중요하다는 것, 그것이 어머니 얘기의 요지였을 것이다.

◇◇◇◇

0.1톤을 짊어지는
로맨틱함

헬스장은 집순이, 집돌이 기질이 있는 사람들에게 예상보다 꽤 괜찮은 운동 장소다. 크게 거리를 이동하지 않아도, 안에서 내가 맘먹기에 따라 할 수 있는 운동들이 참 많다. 단순히 살을 빼려고 한다면 러닝머신만 타도 되고, 몸을 좀 예쁘게 만들고 싶으면 그 부위를 강화하는 운동을 하면 된다.

나는 그중에서 바벨을 드는 운동에 푹 빠졌다. 물론 헬스도 무거운 봉이나 아령을 들고 하는 운동이지만, 그와는 좀 다르게 오로지 무거운 것에 집중하는 '파워리프팅'에 빠진 것이다. 역도를 생각하면 이해하기 쉬울 것이다. 이런 무거운 것을 드는 운동을 다른 말로 '역도성 운동'

혹은 '파워리프팅식 운동'이라고 부른다. 파워리프팅식 운동을 이야기하면, 대표적으로 세 가지 운동이 언급된다. 벤치프레스(누워서 무거운 것을 팔로 밀기), 스쿼트(무거운 것을 짊어지고 앉았다 일어나기), 데드리프트(바닥에 있는 무거운 것을 손으로 잡아서 들어 올리기).

그중 내가 제일 좋아하는 운동은 스쿼트다. 운동을 모르는 사람들을 위해 스쿼트를 쉽게 풀어서 설명하면, 무거운 것을 등에 얹고 앉았다 일어나는 운동이다. 어찌 보면 정말 단순하다. 앉았다 일어나는 것뿐이니까. 하지만 공부하면 할수록 스쿼트만큼 깊이 있는 운동도 없다는 생각이 든다.

스쿼트는 어떻게 하느냐에 따라 자세가 달라진다. 다리 폭에 따라 달라지고, 발끝의 방향에 따라 달라지며, 짊어지는 기구를 승모근에 둘지 승모근 아래에 둘지에 따라 달라지고, 또 얕게 앉는지 깊게 앉는지에 따라 달라진다. 그리고 각자의 신체 상황에 따라서도 자세가 다르고, 발목이 유연하지 않을 때도 다르며, 햄스트링(다리 뒤편)의 유연도에 따라서도 변한다.

이렇게 단순한 운동 동작 같아도 개개인의 신체 구조에 따라 각자 맞는 자세가 다르다는 점이 인상적이었다. 그렇게 공부하다 알게 된 사실이 있는데, 내 신체 구조가 스쿼트에 썩 유리하지 않다는 점이었다. 그 사실을 알고 나니, 오히려 더 오기가 생겼다. 그래, 이 몸으로 한번 들어보자 하고.

그렇게 파워리프팅에 입문하면, 보통 낮은 무게부터 천천히 증량을 한다. 이때 횟수는 약 5회 이하로 이루어져 있다. 8회나 12회처럼 다양한 횟수가 있지만, 횟수를 줄이면 더 무겁게 들 수 있고, 횟수를 늘리면 덜 무겁게 드는 대신 몸이 너 커진다. 파워리프팅식 운동은 많은 횟수를 들어 몸을 키우기보다, 적은 횟수로 높은 무게를 드는 걸 목표로 한다고 이해하면 편하다.

그렇게 점점 무게를 늘리기 시작했을 때, 제일 먼저 생긴 목표는 스쿼트 100kg 1회였다. 지금은 10회 이상 할 수 있을 정도로 비교적 가벼운 무게지만, 그때는 딱 떨어지는 100이라는 숫자가 너무 로맨틱하게 보였다. 0.1톤이라니 뭔가 멋지지 않은가. 스쿼트 100kg 혹은 그 이상의 무게를 들고 가는 사람들의 뒷모습을 존경의 눈빛으로 바라보곤 했다.

선망하는 형님이 빠져나간 자리에 슬그머니 들어가서 무게를 낮추고 스쿼트를 시도해보았는데, 바로 실패했다. 다행히 부상은 안 당했지만 허리가 뻐근하고 쑤셨다. 나중에 찾아보니, 무거운 것을 들기 위해서는 차근차근 낮은 무게부터 밟아나가야 한다고 누차 강조하고 있었다.

그래서 40kg에서부터 시작했다. 봉 무게 20kg에 양 끝에 원판 10kg씩이다. 40kg은 쉽게 성공했다. 그날 바로 60kg을 도전했는데, 온몸이 부들부들 떨리면서 겨우 하나 성공했다. 너무 급하게 올린 것인가? 최소 5회는 채워야 하는데 1회가 한계였다.

급히 인터넷을 뒤져보니, 하체 운동의 증량은 5kg씩, 상체 운동은 2.5kg씩 올리라고 했다. 이 정보를 얻고는 잠깐 좌절했다. 아니, 대체 이렇게 해서 100kg을 언제 찍는단 말인가? 하지만 별수 있나. 그렇게 몇 개월간 꾸준히 증량했다. 그렇게 85kg, 90kg, 95kg을 거쳐 마침내 100kg에 도전하는 날이 다가왔다.

긴장을 너무 하면 현기증이 난다는 걸 아는지? 나는 혼자 100kg에 도전했는데, 그때 등에 봉을 짊어지기 전부터 현기증이 났다. 한동안 못 느꼈던, 도전할 때의 긴장감과 실패할까 두려운 마음이 동시에 엄습했다. 대학 시절 동아리 활동을 하며 한창 열심히 살던 때 느꼈던 그 건실한 긴장감을 실로 오랜만에 맛보았다.

결과는 성공이었다. 천천히 앉았다가 흡! 하고 일어났다. 물론 자세는 완벽하지 않았고, 허리도 약간 걸리긴 했지만, 아무튼 성공했다. 정말 오래 걸렸다. 대략 사 개월이 걸렸으니까. 40kg으로 시작한 날에는 그렇게 막연하게만 보였던 100kg이 사 개월 이후 이렇게 내 등 위에 놓여 있다니! 정말 기분이 끝내줬다. 내가 즐겼던 어떤 취미에서도 얻을 수 없었던 차원이 다른 성취감이었다. 아, 나도 할 수 있구나, 그런 생각만 가득했다.

이렇게 점점 무게를 무겁게 늘려서 운동하는 것을, 전문용어로 '점진적 과부하'라고 한다. 말 그대로 점진적으로 조금씩 무게를 늘려가는 것을 뜻한다. 일정 수준의 강도와 무게에 적응하면, 다시 무게를 늘려서 과부하의 상태로 나아가야 한다. 변하지 않는 강도는 아무런 성장도 허락하지 않는다.

인생을 살며 직면하는 다양한 도전 과제에서도, 첫술에 배부를 수 없다는 사실을 이렇게 배웠다. 제자리에 그대로 있기보다는 한 걸음씩이라도 조금씩 나아가다 보면, 막연하게만 보이던 과업도 어느 순간 마지막 걸음에 도달하게 된다는 것을, 나는 운동을 하면서 비로소 깨달았다. 목표한 것을 이루고 나서 느낀 성취감은 정말 끝내준다.

이렇게 체득한 점진적 과부하는 삶의 여러 부문에서 유용하게 쓰이고 있다. 보디 프로필 촬영을 위해 다이어트를 시작했을 때도, 처음부터 식사량을 급격히 줄이지 않고 천천히 줄였다. 첫 주는 간식 줄이기, 두 번째 주는 간식 먹지 않기, 이런 식으로. 이처럼 간식에서 멀어지고 나서 식사를 줄였다. 다이어트 기간도 약 팔 개월 이상 여유 있게 잡았다. 그렇게 건강에 큰 무리 없이 촬영을 마무리했다.

별것 아닌 한 걸음처럼 보여도 그 걸음을 꾸준히 쌓아가는 습관, 그 루틴이 몸에 배어드는 것을 스쿼트 0.1톤을 성공하는 과정에서 몸소 체험했다. 별것 아닌 것도 반복하면 깊이가 생긴다. 예술가 혹은 장인이라고 불리는 사람들도 시작할 때는 별것 아닌 첫걸음이었겠지만, 그렇게 쌓이고 쌓여 위인이 된 게 아닐까. 그 노고를 몸소 깨닫고 보니 더 깊은 존경심이 생겼다. 그들만큼 대단한 업적을 내놓진 못하더라도 일상의 모든 도전과 그 과정을 즐기는 사람이 되려고 애쓰는 중이다.

~ ~ ~ ~

귀 나이와
이성의 나이

내가 봤을 때, 내 정서와 이성 사이의 간극은 좀 많이 벌어져 있다. 비유하자면 이성은 철이 든 청년이고 정서는 돌배기 아이에 머물러 있는 것 같다. 내 조숙한 이성이, 갓 걸음마를 떼고 아장아장 걷는 정서의 손을 잡아주고 있다. 올바른 방향으로 나아가도록.

내 생각엔 정서와 가장 가깝게 이어진 것이 친화력 같다. 정서가 담겨 있는 표현인 공감, 귀 기울이기, 차분히 지켜보기, 쓰다듬기, 동의하기, 고개 끄덕이기 같은 것들이 나로서는 꽤 최근까지도 쉽지 않았다. 내 이성의 발달 속도와는 다르게, 정서적인 친화력은 한참 느린 속도로 성장했다. 지금도 꾸준히 성장하는 와중에 있다.

물론 청각장애인 중에도 청각적 능력과는 별개로 친화력이 좋은 성격의 소유자들이 많겠지만, 나는 아니었다. 나의 모든 정서적 능력, 사회성과 인간관계, 경청 능력 같은 것들은 내 청력, 귀의 늦은 발달 속도에 맞춰 내 이성의 관찰과 감독 아래 느릿느릿 성장했다.

한번은 이런 이야기를 들은 적이 있다. 잠깐 썸을 탔으나 결과적으로는 나를 찬 여자에게 들었던 이야기다. 철학이나 인문학 같은 분야에서의 생각은 그렇게 잘하면서, 어떻게 정서적인 부분은 아주 쉬운 것조차 놓치는지 이상하다고. 보통은 같이 성장하는 법인데 신기하다고 했다.

이야기를 듣고 스스로도 인정했다. 이런 정서적인 능력, 공감하거나 동조하는 감성의 부족은 상당히 오랜 세월 동안 내 내면의 자연재해처럼 느껴졌다. 어디서 시작해야 하지? 갈피를 못 잡는 나날의 연속이었다. 정서란 무엇인가 고민하고 내면을 탐구하면, 허공에 손을 하염

없이 휘젓는 느낌이었다. 철학의 형이상학을 배우는 건 즐기면서, 왜 눈앞의 사람이 어떤 감정인지는 제대로 읽어내지 못하는 걸까?

그러다 공감이란 것에 눈뜨게 된 사건이 벌어졌다. 우리 집에 첫 번째 강아지 '프로'가 들어온 것이었다. 종은 스피치다. 스피치는 잘 짖고 예민한 축에 속한다. 한동안 강아지와 싸움 아닌 싸움, 실랑이를 벌였다. 이때가 일본에서 어영부영 졸업하고 돌아와 폐인으로 지내다, 그 암울한 터널에서 갓 벗어나기 시작한 즈음이었다.

한동안 프로라는 존재가 참 마음에 안 들었다. 털은 시도 때도 없이 빠지지, 집에서 산만하게 돌아다니지, 또 똥오줌을 못 가려서 아무 데(주로 외진 곳)나 싸지. 지금은 똥오줌도 어느 정도 가리고 있고, 어쩌다 이상한 구석에 용변을 보아도 '뭐, 가끔 실수도 하는 거지' 하면서 가볍게 넘기지만, 일본에서 돌아와 아직 방황이 끝나지 않은 시기에 같이 지내자니 짜증이 한 바가지였다.

부모님은 두 분 다 일하고 있을 때였고, 동생은 나와는 다르게 친구가 많은, 요즘 말로 '인싸'이다 보니 밖에서 노는 게 일상이었다. 나는 빈집의 수호자이자 빈집에 온기를 채워주는 백수였고. 그러다 보니 결국 프로와 제일 많은 시간을 보내는 사람이 내가 되어버렸다.

프로는 그때 완전 아기였다. 한창 칭얼대고 대소변도 통제가 안 되는, 말 그대로 어린 짐승이었다. 나도 정서적인 면만 따지자면 어린 인간이었고. 혼내는 것 말고는 방법을 몰랐다. 왜 혼냈냐면 내가 어린 짐승의 대소변으로 인해 시각적·후각적 피해를 입고 있다고 생각했기 때문이다.

그렇게 매일같이 강아지를 야단치고 있었는데, 내 모습을 보다 못한 어미니가 다른 방법도 있다고 알려주었다. 달래고 보듬어주는 방법이었다. 강아지를 향해 "아이고, 그랬어요~? 배가 고팠구나~" 같은 말투로 달래주면, 말을 잘 듣는다고 했다. 내가 힘들어하고 있는 용변 치우기도 혼내기보다는 칭찬과 함께 가르치면, 자기가 알아서 잘할 거라고 했다.

처음에는 이해가 안 갔다. 달래는 게 효과가 있다고? 그냥 혼내면 경각심을 가지고 안 하게 되지 않을까? 어머니의 방식은, 정서적 미숙아였던 당시의 내게 의문투성이의 방법이었다. 어머니의 방식대로 강아지에게 한다면, 오히려 편안하게 느껴 구석구석 더 싸고 다니지 않을까 걱정이 되었다.

의심하는 내게 어머니는 한번 목소리를 내보라고 했다. 그때는 다분히 부정적이어서 정말 부드러운 말투를 쓴다고 강아지의 마음에 가닿을까 싶었다. 그래도 어머니가 해보라고 재촉하는 통에 어머니의 말투를 따라 했다. "아이고 우리 강아지, 배고팠어요? 간식 먹고 싶어요?" 억지로 꾸역꾸역 말하고 보니, 예상과는 다르게 프로가 꼬리를 살랑살랑 흔들며 다가오는 게 아닌가? 그때 처음으로, 정서적으로 이어지는 느낌이라는 게 어떤 것인지 어렴풋이 알 것 같았다. 정확하게 알 수는 없었지만, 아무튼 무언가가 마음으로 느껴졌다.

심리상담을 다닐 때 들었던 이야기가 생각났다. 우울

증을 앓고 있거나 정서적으로 힘든 상황에 놓인 사람들에게 추천하는 처방 중 하나가 강아지 키우기라는 것이다. '동물매개치유법'이라고 한단다. 동물을 매개체 삼아 정서적 유대감을 갖게 하는 것이 효과가 있다는 것이었다. 나도 의도치 않게 강아지를 통해 정서가 치유된 셈이다.

그렇게 몇 년이 지나고 나서 강아지가 한 마리 더 늘었다. 둘째인 코커스패니얼 종 '창식이'는 임시 보호로 잠깐 맡았는데 너무 귀여워서 그대로 함께하게 되었다. 예민한 프로와는 대조적으로, 성격 좋고 애교 많고 사람을 좋아하는 창식이는 또 다른 매력이 넘치는 강아지다. 이름이 구수해서 그런지 배변 활동도 다분히 구수하다.

지금은 어쩌다 보니 강아지 세 마리, 고양이 한 마리의 동물농장이 되어버렸다. 셋째 강아지는 말라뮤트인 아톰으로, 평소 대형견에 대한 로망이 있었던 아버지 때문에 데려오게 되었다. 아톰은 너무 커서 마당에서 살고 있다.

막내인 새끼고양이 이채는, 어느 날 카페 문을 여는데 한옥 대문 앞에서 오들오들 떨고 있기에 구조했다. 잠깐 임시 보호를 하려다 얘도 그대로 같이 지내게 되었다. 이채에서 만나서 이름도 이채다. 장난감을 가지고 새끼 고양이와 놀다 보면 귀여워서 정신이 혼미해진다. 눈 깜짝할 사이에 한 시간이 뚝딱이다.

옛날보다는 정서적으로 조금 성장을 했는지 어린 고양이와 지내면서 뭔가를 느낄 수 있게 되었다. 새끼 고양이의 움직임과 목소리의 뉘앙스가 어렴풋이 느껴지는 것이다. 밥을 달라는 건지, 용변을 치워달라는 건지는 아직 조금 헷갈린다. 그냥 나한테 냥냥 울면, 아무튼 무언가를 요구하는 것이다. 둘 다 해준다. 무언가를 요구하는 것을 캐치할 수 있게 된 것만 해도 내가 성장하고 있다는 한 증표라고 생각한다.

요즘은 나를 보고 고개를 끄덕끄덕하면, 나도 눈을 마주치고 똑같이 끄덕끄덕한다. 그러면 그런 나를 바라보고 또 끄덕끄덕하며 총총총 내 배 위에 올라타 가만히 앉아 있곤 한다. 이러면 또 귀여워서 정신이 혼미해진다. 밤마다 내 배를 꾹꾹 눌러대는 통에 잠을 설칠 때도 많지만, 귀여워서 봐준다.

정서와 이성이 자라나는 속도는 동일하지 않다. 스무살이 넘었다고 뚝딱 사랑할 수 있는 성인이 되는 것도 아니고, 서른 살이 되었다고 뚝딱 아이와 교감할 수 있는 부모가 되는 것도 아니다. 나도 그렇고, 다들 각자의 자리에서 각자의 마음으로 최선을 다할 뿐이겠지. 최선을 다해 계속 정서적인 성장을 하고 싶을 뿐이다.

원인 불명의
청각장애 유전자

우리 카페같이 마당이 넓고 오픈된 곳은 성수기와 비수기가 극명하게 나뉜다. 너무 춥거나 너무 더우면 손님이 없다. 반대로 날이 좋으면 만석이 된다. 아무튼 그날은 한여름의 무더운 날이라 손님이 별로 없었다. 카페를 지키고 있는데, 곧 결혼 예정인 외가 쪽 사촌 누나에게 갑자기 연락이 왔다.

"승호야, 뭐 하니? 혹시 ○○일에 약속 없으면 서울대병원에서 볼 수 있을까?"

평소 가볍게 연락하고 지내는 사이긴 했지만, 병원에서의 약속이라니 심상치 않았다.

"누나, 무슨 일인데?"

"내가 유전자 검사를 의뢰했는데, 나만 해서는 알 수

없다고 하더라. 같은 청각장애를 지닌 사촌들의 유전자를 검사해야 한대."

사연인즉슨 누나가 서울대병원에 청각장애 유전자 검사를 의뢰했다는 것이었다. 나중에 청각장애가 태어날 자식들에게 발현될지 걱정되어서 한 일이었다.

이 이야기를 듣고 처음에는 누나의 남편 될 사람에게 약간 실망했다. 팔은 안으로 굽는다고, 난 당연히 사촌 누나 편이다. 막연히 누나 입장에서 생각했을 때 누나가 조금 섭섭했을 것 같았다. 장애아를 낳느냐 마느냐 하는 것과는 별개로, 서로 사랑으로 결혼하면 충분하지 않은가? 유전적으로 확실하게 자식이 비장애인이 될 거라는 게 확인돼야만 속이 편한 건가?

나중에 이건 나의 오해였다는 게 밝혀졌다. 유전자 검사는 매형이 요구한 게 아니라 사촌 누나가 원한 것이었다. 자신이 살아온 고생길을 자신 때문에 자식이 또 짊어질까 봐 두렵다고 했다. 오히려 누나의 걱정이 너무 많아 매형이 그러면 유전자 검사를 해보라고 알려준 것이었다.

내막을 알고서는 매형이 참 멋진 사람이라고 생각했다. 누나도 참 괜찮은 사람이니 좋은 사람끼리 만나는 건가 싶기도 했다. 그러면서 문득, 나는 어떤 상대를 만날지 궁금해졌다. 아, 이건 쓸데없는 소리다.

검사 이야기를 조금 더 해보면, 누나와 매형은 피만 한 번 뽑으면 결과를 바로 받을 줄 알았다고 한다. 그런데 생각보다 결과가 분명하지 않은 모양이었다. 그렇게 1차 유전자 검사 이후, 몇 번 더 검사를 하다가 사촌 누나 한 명의 유전자로는 확실한 결과가 나오지 않는다며, 주변 친인척 중에 청각장애 유전자가 발현된 사람들의 유전자 정보가 필요하다고 했단다.

그래서 내가 채혈을 위해 서울대병원에 가게 되었다. 매형이랑 누나도 오랜만에 봐서 반가웠다. 사촌 동생도 왔다. 나처럼 두개골에 구멍을 냈는데, 두 개나 냈다. 와우 보청기를 양쪽에 착용했기 때문이다. 담력이 제법이다. 모여서 가볍게 수다를 떨다가 알게 되었는데, 우리 외가 쪽 가족의 유전자를 서울대병원 측에서 연구대상으로 삼았다고 한다. 그래서 서울대병원 측에서 추가적으로 누나에게 요청하는 모든 검사는 전부 무료라고. 진료가 아닌 연구에 가까워서 그렇다고 했다.

이 얘기를 듣고 속으로 혼잣말을 했다. '오, 역시 평범한 유전자가 아니었어. 우리 가족 유전자 제법이다!' 같은 망상도 좀 하긴 했다. 단순히 망상이 아닌 것이, 실제로 우리 가족의 청각장애 발현 유전자 종류가 좀 특수한 케이스였다.

그러고 보니 일본에 사는 사촌 누나의 딸들도 청각장애가 발현되었다고 한 기억이 났다. 병원에서 검사를 받다, 번뜩 생각이 난 김에 바로 일본의 매형에게 연락을 해보았다. '지금 저희가 이리이러한 이유로 서울대병원에 모여서 유전자 검사를 하고 있는데, 일본에 있는 매형네 애들 생각이 나서 연락드렸어요'라고 문자를 보냈다. 오랜만에 연락해온 동생이 갑자기 유전자 얘기를 꺼내 당황하지 않았을까 걱정했는데, 굉장히 반가운 말투로 답이 왔다. 알고 보니 사촌 누나와 매형도 이미 일본에서 유전자 검사를 의뢰했던 적이 있었다고 한다.

일본의 사촌 누나도 병원에서 다른 청각장애 가족의 유전자가 필요하다는 말을 들었다고 한다. 다른 친인척들과 가족들이 한국에 있다 보니, 추가 진행은 하지 못했고, '원인 불명 청각장애 유전자'라는 검사 결과만 받고 끝냈다는 것이었다. 나중에 조카들의 청력검사 결과지 같은 것도 나에게 보내주었다. 당연히 모든 파일과 서류들이 일본어로 되어 있었지만, 일본어는 통달한 입장이라 알아보는 데는 문제가 없었다. 내용을 한국의 의사 선생님들한테도 알려주었다. 따로 자료를 메일로 보내달라고 해서 메일로도 전해주었다.

일본에서 온 유전자 검사 결과를 보면, 조카들의 경우가 일본인 청각장애 유전자 유형에는 속하지 않는다고 한다. 사실 뭐, 한국인이나 일본인이나 유전적으로 얼마나 차이가 나겠는가? 결국, 원인이 되는 유전자를 정확하게 알 수 없다는 이야기였다.

이렇게 일본에서 검사한 자료를 보여주자 의사 선생님의 표정이 아주 흥미로운 것을 탐사하는 어린아이의 얼굴처럼 바뀌었다. 분명 장애 발현의 패턴이 보이는 것 같은데, 원인이 불명이다. 일본 쪽에서도 같은 결과였다. 상상하면 꽤 흥미롭지 않은가? 나라도 모험가의 본능이 발동해 무언가를 발견할 것만 같은 느낌에 심장이 뛰었을 것 같다.

우리 가족의 청각장애 발현의 패턴은 꽤 흥미로웠다. 우선, 청각장애 유전자는 보통 세대마다 한두 명 정도는 발현이 된다고 한다. 그런데 집안 어른 중에는 청각장애인이 아무도 없다. 우리의 윗세대, 조부모님부터 우리의 부모님들까지는 발현이 안 되다가, 우리 대에 들어서부터 청각장애인이 꽤 생겨났다. 두 번째로, 보통 장애 유전자는 유선적으로 약간 더 취약한 남성에게 발현이 잘된다고 한다. 지금 당장 통계청 사이트에 들어가 등록된 남녀 장애인을 비교해보면, 대체로 남자인 경우가 많다. 그런데 이제 우리 세대는 나 포함 남자 세 명, 여자 한 명이지만, 일본에 있는 사촌 누나 부부의 딸들과 다음 세대인 조카까지 합하면 여자는 총 세 명이다. 물론 우리 다음 세대 자식들의 통계치는 아직 한참 적지만, 전체적으로 보면 남자 반, 여자 반의 비율인 셈이다.

　일본에 있는 사촌 누나 부부 두 사람은 청력이 정상이다. 누나에게는 장애가 나타나지 않다가 아랫세대에 들어서 장애가 발현된 패턴인 것이다. 일본에서 친인척 하나 없이 홀로 귀가 불편한 아이들을 보살폈을 것을 생각하니 굉장히 마음이 아팠다.

　의사 선생님의 얘기 중에 기억나는 것은 전형적인 청각장애 발현 유전자의 패턴은 확실히 아니라고 한 점이었다. 다양한 가능성 있는 예시를 들려주었는데, 제일 흥미로웠던 건 기존에는 발현이 안 되고 단지 보유하고만 있는 집안 유전 내력에, 특정 유전자를 지닌 배우자를 만나면 발현이 되는 사례였다. 그런데 어쩌다 보니 그런 유전자를 지닌 배우자를 바로 윗세대 어른들이 많이 만나서, 우리 세대에서 급격히 발현된 것일 수도 있단다. 물론 확실한 것은 연구를 더 진행해봐야 알 수 있다고 한다.

　유전자 검사가 끝난 이후, 스쿠터를 타고 집으로 돌아오는데 생각이 많아졌다. 나도 분명 결혼하고 아이를 낳고 살게 될 텐데, 이 아이가 나처럼 발현이 된다면? 내가 아무리 청각장애인으로 나름 잘 적응해 잘 살고 있다 하더라도 그런 생각을 하니 가슴이 먹먹했다.

내가 장애를 결손이나 결핍이 아니라 장점이자 개성으로 여기기까지의 인식 변화 과정은, 돌이켜봐도 결코 쉽지만은 않았다. 지금은 나의 장애를 가지고 가끔 농담을 하기도 할 정도지만, 이렇게 되기까지는 엄청난 노력이 필요했다. 제일 중요했던 건 별것 아닌 것들을 차곡차곡 쌓아 올리는 과정의 가치를 알게 된 점이었다. 육체를 건강하게 하고, 정신을 맑게 하고, 눈앞의 타인이 무엇을 느끼는지 소리 없이 집중하고, 별것 아닌 것처럼 보였던 것들이 별것 아닌 것이 아니었다는 것을 깨닫는 과정. 나만의, 무너지지 않는 작고 튼튼한 중심을 만들어내기 위해 필요한 것들을 만들어가는 오랜 과정들.

내 자식이 청력 없이 크게 된다면, 분명 나와 사촌 누나가 자라왔던 것처럼 평범한 사람들보다 훨씬 더 신경써야 할 것이 많을 것이다. 지금으로서는 어떤 아이일지 모르겠지만, 잘하겠지 싶으면서도 나처럼 예민한 기질이라면 살아가는 과정이 다소 힘들 것 같아 걱정이 되었다. 아이의 상태야 어떨지 알 수 없으니, 나로서는 아이랑 허물없이 지내면서 이런저런 속 깊은 얘기도 해줄 수 있는 친구 같은 아빠가 되기를 바랄 뿐이다.

∞ ∞ ∞ ∞

바람을
사는 행위

청각장애를 갖고 있으면, 주변 사람들이 걱정하는 일 중 하나가 운전에 대한 것이다. 차량이나 오토바이 운전은 소리가 어느 정도 중요하기 때문이다.

하지만 개인적으로 운전할 때는 보청기를 끄는 것보다 켜둘 때가 더 위험한 것 같다. 어차피 한쪽만 들리는, 불확실한 보청기 소리에 의존해서 운전하는 게 안전할까. 아니면, 안 들리지만 사주경계를 더 확실히 하고 주변 체크를 하며 운전하는 게 안전할까. 나는 둘 중 후자가 좀 더 안전하게 느껴진다.

내 경우 보청기를 끼고 청각에 의존하면, 주변을 덜 보게 되고 운전도 덜 신중해지는 것 같다. 딱 한 번 보청기

없이 스쿠터 운전을 해본 적이 있는데, 이때는 정말 신중해졌다. 무엇이 튀어나올지 모르는 사거리나 코너가 나오면 거의 정지할 정도로 감속하고 진입한다. 주변도 한두 번이 아니고 서너 번 둘러보게 된다. 사고가 나는 게 더 어려울 정도로 살피는 것이다. 대신 항상 긴장해 있는 통에, 이 소리 없는 운전이 끝나면 피로감이 엄청 밀려온다.

최근에 스쿠터를 하나 장만했다. 베스파 민트색 스쿠터로, 구매 이유는 별거 없다. 헬스장에 빨리 가고 싶어서. 지하철로는 사십 분인데 스쿠터로는 이십 분이 걸린다. 이십 분이면 벤치프레스를 끝내고 다음 운동을 할 수 있는 시간이다. 그리고 코로나가 한창인 시기에 대중교통보다 오히려 안전하지 않을까 하는 생각도 있었다. 자전거처럼 이륜차를 타는 것을 좋아하는 점도 이유 중 하나였다.

보통 스쿠터 브랜드들은 125cc에서 경쟁을 많이 한다. 왜 125cc인가 하면, 면허가 있고 없고가 갈리는 기준이기 때문이다. 150cc, 250cc처럼 125cc를 넘어서면, 차 면허증과는 별개로 오토바이 면허증, 즉 이륜차 면허증을 추가로 발급받아야 한다.

그래서 그런 걸까? 스쿠터 브랜드를 알아보면, 업체들이 이 125cc에 유난히 힘을 쏟는 느낌이다. 그중에서도 주 경쟁 포인트로 잡는 부분이 연비다. 아마 길을 가다 다들 한 번 이상은 보았을 오토바이 브랜드인 혼다는, 이 연비 부분에서 꽤 유명하다. 혼다 스쿠터의 연비는 60km/L, 즉 1리터당 60km를 간다고 한다. 연비로는 125cc의 톱 클래스라 할 만하다. 연비가 제법 어마어마하다. 기름을 한 번 넣고 한 달 넘게 주유하지 않은 경험이 있다는 혼다 차주들도 많다.

지금 나의 발이 되어주고 있는 이탈리아제 베스파 스쿠터는, 스쿠터치고는 연비가 꽤 안 좋은 편이다. 25km/L로, 다른 스쿠터들에 비해 기름을 두 배 이상 먹는다고 보면 된다. 이런 기름 먹는 하마를 왜 샀냐고 물어본다면, 예뻐서다. 예쁜 게 그냥 예쁜 게 아니고 아주 예쁘다. 색깔도 파스텔톤인 것이, 사람 마음을 간질간질하게 만든다.

그렇게 스쿠터를 타면, 운전할 때와는 또 다른 기분이 든다. 해방감이라고 해야 할지, 쾌감이라고 해야 할지, 바람이 몸을 스치고 지나가면 마냥 좋다. 헬멧에 머리가 눌려 헤어스타일링을 망쳐도, 가벼운 소나기에 온몸이 젖어도, 그냥 좋다. 어렸을 때도 아버지가 운전하는 차에 타면, 항상 창문을 열고 바람을 느꼈다. 그때는 다소 수동적으로, 아버지의 기분에 따라서 바람을 즐기고 못 즐기고 하는 것이 결정되었다면, 지금은 능동적으로 공기를 휘젓고 다니는 느낌이라 아주 좋다.

물론 스쿠터는 차량에 비해 위험하기는 하다. 스쿠터를 살까 고민할 때, 주변 지인들에게 의견을 물어보면 절반은 구매를 말렸다. 승용차는 사고가 나면 차체의 프레임이 그래도 일차적으로 지켜주는데, 스쿠터는 맨몸이 다치게 되니까. 그리고 TV 뉴스에 나오는 오토바이 사고 영상들은 대체로 위험 살벌하게만 보인다.

비 오는 날은 정말 위험하다. 평소에는 평범한 도로 노면이, 비가 오면 조심해야 하는 것들로 변한다. 맨홀 뚜껑이나 페인트로 칠해진 '어린이 보호구역' 같은 글자들이 전부 위험 요소가 된다. 몸을 기울이고 커브를 돌다가 두 바퀴 중에 하나라도 살짝 미끄러지면, 지난 세월이 주마등처럼 스쳐간다는 게 무엇인지 알게 될 것이다. 차는 바퀴가 네 개라 하나가 미끄러져도 나머지 세 바퀴가 받쳐줘서 안전한데, 스쿠터는 바로 전체가 흔들린다. 몇 차례 그런 경험을 해보니 살짝 쓰고 짭조름했다. 지옥산(産) 석탄을 핥는 것 같았다.

청각장애 유전자 검사를 받은 후, 귀가하려 할 때 의사 선생님이 염려 섞인 눈빛으로 날 쳐다본 기억이 또렷하다. 한창 여름에 하와이 느낌을 풀풀 풍기는 셔츠를 입고 병원에 방문했는데, 내가 일본어를 할 수 있다고 하니 복장 탓인지 농담 반 진담 반으로 일본인이냐고 했다. 민트색 헬멧을 들고 병원 안을 돌아다니다 보니 눈에 더 띄었을 것이다.

유전자 검사를 다 받고 다서 스쿠터를 타고 돌아간다고 하자 의사 선생님의 눈빛이 뭔가 좀 더 걱정스러워 보였다. 나가는 길에 의사 선생님은 신중한 말투로 "조심히 운전하세요"라고 했다. 청력 손실 장애인들을 많이 만났을 테니 운전이 더 위험하진 않을까 걱정이 되었던 모양이다.

그래서 부모님에게 "스쿠터를 사고 싶어요" 하고 말했을 때, "위험한 것은 사지 마라!"라는 대답이 돌아올 줄 알았는데, 대수롭지 않다는 듯 사라고, 태연하게 반응해서 외려 내가 놀랐다. 아버지도 이전에 광고회사를 다닐 때, 출퇴근 길에 차가 너무 막혀 스쿠터를 살까 고민했었다고 한다. 브랜드도 똑같이 베스파였다니 파스텔톤을 좋아하는 유전자라도 있는 걸까.

결국, 다른 집 자식들과는 다르게 가족의 반대 없이 스쿠터를 쉽게 구매했다. 대신 동생은 내 걱정을 많이 했는데, 그럴 땐 괜찮다고, 사고 나면 근육으로 한 번은 버틴다고 농담 삼아 말해주었다.

만약 나처럼 청각장애가 있는데 스쿠터를 살까 말까

고민하는 사람이 있다면, 나는 사라고 적극적으로 말해주고 싶다. 약 일 년간 스쿠터를 타며 느낀 것은, 차를 운전하는 것과 크게 다를 바 없다는 점이다. 차나 오토바이를 운행하는 습관이 차분하고 신중하면 사고가 날 일도 극히 적다. 대신 최소한 자전거 정도는 능숙하게 탈 수 있을 때 사라고 말해주고 싶다. 그리고 물론 언제나 안전 운전이 최우선이라는 것도.

. . . . . .

피부로 와닿는
소리에 대하여

얼마 전 중고 기타를 다시 샀다. 이전에 클래식 기타를 쳤던 적이 있는데, 이번에는 친한 건축가 누나 부부에게 축가 의뢰를 받기도 해서 통기타로 구매했다. 축가 부탁을 받다니 노래를 잘 부르나 싶겠지만, 이 귀로 잘 부를 턱이 있나.

예전에도 기타를 치면서 노래를 불렀던 적이 있다. 일본 유학 시절, 한국인 유학생끼리 모여서 MT 겸 친목 도모를 위해 여행을 가곤 했는데, 이때 내가 기타를 들고 갔다. 기본적으로 내향적이긴 한데, 관종 기질이 아주 없는 것은 아닌 모양이다.

아무튼 난 이문세의 〈가로수 그늘 아래 서면〉을 준비해갔다. 부모님 세대가 많이 부르는 노래인데, 나는 명료한 발음과 서정적이고 이해하기 쉬운 멜로디가 마음에 들었다. 가사도 시적이면서, 그 상황을 상상하게 만들어서 좋다.

기타는 그냥저냥 쳤지만, 당연하게도 목소리가 장난이 아니었다. 2010년대 발라드 열풍 속에 나만의 방식으로 배운 말도 안 되는 바이브레이션을 막 집어넣고, 음이탈도 자주 나고, 아무튼 여러모로 대단했다고 입을 모아 말했다. 웃음을 참느라 입을 틀어막는 동기와 선배들도 꽤 있었다.

그때 능욕 아닌 능욕을 당했는데, 노래가 끝난 후에 진행자 형이 "여러분, 이번에는 웃음 참기를 내기로 한 곡 더 부르겠습니다"라며 나에게 한 번 더 시켰다. 얼마나 못 부르고 웃겼으면 한 번 더 시켰을까. 그때는 나름 내 실력에 심취해 있을 때여서 말은 안 했지만, 속으론 좀 섭섭했다.

지금은 그 시절을 같이 겪은 유학생들과 만나면 자주 이야기하는 추억거리다. 하긴 이런 경험을 해본 사람이 어디 흔하겠는가? 일본 유학 중에 유학생끼리 모여서 여행을 갔는데, 거기서 유일한 청각장애인 동기가 기묘한 발음으로 기타를 치며 노래를 부른다. 근데 그 노래가 옛날 노래, 이문세의 〈가로수 그늘 아래 서면〉이다. 흔치 않은 경험이다.

  축가 부탁을 받은 것도 노래를 잘 불러서라기보다는, 결혼식 순간을 더 의미 있게 만들어줄 사람이어서가 아닌가 싶다. 다행인 점은 정말 친인척과 친한 지인들만 초대하는 스몰 웨딩이라는 것이다. 물론 이것만 해도 나로서는 꽤 긴장되는 일이지만….

  통기타의 통에서 느껴지는 울림이 피부에 와닿으면 기분이 좋아진다. 약간 몸이 붕 떠 있는 느낌에 가깝다. 소리가 퍼지는 위치가 바로 옆이다 보니, 보청기를 착용하지 않은 오른쪽 귀에도 조금씩 들리는 것이 좋다.

운동을 하면서 손끝이 다소 둔해지기는 했다. 우람한 육체와 섬세한 손기술의 공존은 꽤 어려운 과제다. 나는 취향들 사이의 교집합이라는 게 없는 모양이다. 운동과 책. 쇠질과 기타. 물론 대부분이 가만히 있거나 내향적인 기질인 사람들이 즐기는 취미들이지만, 다분히 육체적인 헬스도 정말 좋아한다.

양극단의 취향을 동시에 보유하고 있자니 이것들이 서로 부딪치기도 하지만 한편으론 또 다른 시너지를 유발하기도 한다. 내가 손끝이 둔해졌다고 해서 기존에 있던 내향적 성향이 줄어든 것은 아니다. 새로운 유형의 개인, 또 다른 색의 무언가가 생겨나는 것이다.

동생에게 기타 이론을 잠깐 배운 적이 있다. 그중에서 메이저 코드와 마이너 코드에 대한 이야기가 기억난다. 메이저는 안정적인 느낌을 주고, 마이너는 약간 불안정하지만 두근거리고 설레는 느낌을 준다. 어떤 음들은 동시에 겹치면서 공명하면 안정적이고 메이저한 느낌을 주고, 특정 음들은 설레고 두근거리고 혹은 슬픈 마이너한 느낌을 준다.

이 메이저 코드와 마이너 코드는 음 하나로는 절대 구성할 수 없다. 두 음 이상의 조합에서 발현되는 음의 공명인 것이다. 개인적으로 이 코드가 구성된 이유가 아주 흥미로웠다. 메이저와 마이너를 나누는 어떤 원칙이 있느냐고 동생한테 물어보니, 그냥 치는 것을 들어보면 안다고 했다. 속으로 '내 보청기에 대해 알고 하는 말이지?'라고 생각한 후 동생이 치는 것을 들었다.

메이저 코드를 쳐줄 때는 잘 이해가 안 갔는데, 마이너 코드를 치니까 보청기를 뚫고 느낌이 확 전달되었다. 메이저에 비해 뭔가 설레는 느낌을 받았다. 마치 썸을 타기 시작한 남녀가 길을 걷는데, 서로의 손이 손등을 스치는 듯한 그런 설렘이었다. 다시 메이저 코드를 쳐주자 확실히 메이저는 완벽하게 들렸다. 나중에 찾아보니 메이저는 공명이 완벽하고, 마이너는 살짝 어긋나 있어서 그런 느낌을 준다는 거였다.

보컬 레슨을 받으면서 또 새로운 나를 발견했다. 그래도 노래만큼은 못 부르겠지, 음정은 못 맞추겠지 하는 생각이 있었는데, 레슨을 받은 지 한 달이 넘어서면서 나도 음정을 맞출 수 있다는 것을 알게 되었다. 불가능하다 여긴 것이, 사실은 내가 자포자기했기 때문이었다는 것을 깨달았다. 또 다른 나의 발견이었다.

내 삶에 담긴 내용들은 아무래도 평범하지 않은 것들이다. 적어도 접점과 공감할 부분이 많은 완벽한 메이저의 느낌은 아닐 것이다. 나는 장애인이고, 건축학과를 나왔지만 다른 일을 하고 있고, 유학 시절에는 남들이 다 하는 취업 준비보다 동아리 활동에 열중했고, 타고난 성격에 반하는 운동 취미도 가지고 있다. 그래도 누군가와는 마이너 코드처럼 닿을락 말락 하는 느낌을 줬으면 좋겠다. 좋든 싫든 간에 마이너 코드 두 음의 어긋난 공명이 설렘을 형성하는 것처럼, 지금까지의 글이 분명 당신에게도 어떤 설레는 공명이 되기를 기대해본다.